旅伴文库·散文精品城际阅读

聂震宁／总主编
王剑冰／主编

半路上的库车

刘亮程——著／绘

漓江出版社

图书在版编目 (CIP) 数据

半路上的库车 / 刘亮程著 / 绘 . — 桂林 : 漓江出版社 ,2018.1
(旅伴文库 : 散文精品城际阅读 / 聂震宁，王剑冰主编)
ISBN 978-7-5407-8143-9
Ⅰ . ①半… Ⅱ . ①刘… Ⅲ . ①散文集 – 中国 – 当代
Ⅳ . ① I267
中国版本图书馆 CIP 数据核字 (2017) 第 147136 号

BANLU SHANG DE KUCHE
半路上的库车
刘亮程　著 / 绘

责任编辑：张谦
助理编辑：刘红果
书籍设计：石绍康
责任印制：杨东

出版人：刘迪才
漓江出版社有限公司出版发行
广西桂林市南环路 22 号　邮政编码：541002
网址：http://www.lijiangbook.com
全国新华书店经销
销售热线：0773-2583322　010-85893190
北京汇瑞嘉合文化发展有限公司
（北京市经济技术开发区荣华南路 10 号院荣华国际大厦 5 号楼 1501 室
邮政编码：100176）
开本：880mm × 1230mm　1/32
印张：5.5　字数：67 千字　插页：8
2018 年 1 月第 1 版　2018 年 1 月第 1 次印刷
定价：35.00 元

如发现印装质量问题，影响阅读，请与承印单位联系调换
（电话：010-67817768）

目 录
Contents

总 序

聂震宁

《旅伴文库》乃应时而生的出版项目。当今之世，既是提倡全民阅读之时，又是高铁出行渐成趋势之际，正应了古人“读万卷书，行万里路”的人生信条。究其实，现代交通工具大大方便了百姓的出行，旅行几乎成了普通民众的一种生活常态，令“千里江陵一日还”有了现代意味。而全民阅读则还在国家、社会的提倡中，有识之士一直在呼吁让阅读成为一种生活方式，可是，要达到这一点要求，似乎还比较难；唯其难，故而需要多方设法推动，长期用心提倡。漓江出版社策划设计这一文库，既顺应了现代人出行的方便，更是推崇全民阅读，颇具趁旅行热潮助推全民阅读，借全民阅读提升旅行质量的匠心。

相比较已经形成热潮的出行，全民阅读还不够热。尽管国家为促进全民阅读立法，各级政府为全民阅读提供支持，每年“世界读书日”各地开展活动有声有色，“书香中国”活动在全国范围风生水起，家庭阅读、校园阅读、社区阅读、机关阅读渐次开展，然而，平心而论，这些大都还是在外力推动下的阅读，距离“让阅读成为一种生活方式”的目标还有长路要走。那么，如何才有望接近这一目标呢？我们以为，让阅读与日常生活相伴或许是努力的基本方向。当民众出行热潮形成，包括旅游在内的旅行已经成为普通百姓的一种生活方式，提倡在旅途中阅读乃是顺理成章的事情。国际上曾有过“中国人不爱读书”的负面评价，评价者举证的，正是旅行途中许多欧美人在读书，而许多中国人并不读书的现象。那么，要改变这一国际负面印象，最直接的办法就是让更多的中国人在旅行途中读起书来。当然，在旅行途中读书并非为了做样子给国际人士观赏，而是全民阅读之树必然开出的日常生活阅读之花。《旅伴文库》正是为了催生这美丽的花朵而做出的努力。所谓“人生漫旅，好书伴你”，是该文库在广义层面的取意。

事实上，开展在旅行途中的阅读生活，对于提高我国旅游事业的质量也是大有裨益的。对于国人的旅行生活，一直都有某些负面的评价，认为其盲目、简单、粗糙，缺少文化内涵和审美情趣，其中有一个我们前面已经提及的负面评价：中国人在旅行途中几乎都不读书。这些负面评价已经成为国民文化素质不高的重要证据。知书达理或知书达礼，不爱读书的民族谈何文化内涵和审美情趣！于是，近些年来，就有许多关于改善旅行生活、提高旅行质量的意见被提出，其中有一条意见颇具感染力，那就是“带一本书去旅行”。

“带一本书去旅行”，其直接的用意是让人们在旅行途中闲暇时刻不至于无所事事。人在百无聊赖时，“第一等好事还是读书”，让休闲的状态也有优雅的生活方式，而阅读正是一个人最优雅的生活状态。旅行是一个发现美、欣赏美的历程，“带一本书去旅行”，读书可以明理，可以直接帮助我们丰富旅行知识，探寻美的存在，增加旅行的深度和厚度。旅行即意味着暂时摆脱日常世俗生活的纷扰，暂时忘却生活中某些庸俗无聊的烦恼，所谓“偷得浮生半日闲”，让身心得到休养；“带一本书去旅行”，可以让一本好书帮助我们超凡脱俗，让一本好书优雅的精神气质在旅途上陪伴我们的灵魂，让一次次旅行成为与一本本好书相伴随的精神之旅。

应时而生的《旅伴文库》其主旨便是倡导“带一本书在路上”，让精品图书成为旅行者的精神伴侣。在旅行热潮扑面而来的同时，也要让全民阅读热潮相伴而去，让“读万卷书，行万里路”成为现实。

为了旅途上阅读而设计的《旅伴文库》，自然要更多顾及旅行阅读的特点。旅行阅读当然是各有所好，可专门为旅行者编撰的图书，则要更多体现旅行者阅读的便捷、休闲、审美、精粹等需求特点。《旅伴文库》的各个子系列设计得很具匠心。其中，“散文精品城际阅读”系列，一年只选七位散文家，颇有“七剑下天山”的气概；每人每本不过5万字，极大突出了精选的精神，再配上贴切而有意趣的插图——有的就是作家本人所绘。“漓江的书，买了再说”，是20多年前本人在漓江出版社社长任上为该社拟定的广告语，如此的自信自诩，竟然在这个系列的设计中重新得以体会到。其他系列目前还在筹备阶段，基于出版社选题信息的保护，这里暂不细说，预期当能吸引读者眼球而令人想要一睹为快。

《旅伴文库》各个子系列的设计，显然走的是精品精读的路线。这是出版社此项目主持者的原则，也是编选工作的实际状况。“散文精品城际阅读”（2018）系列所编选的七人七种散文集即如此。有刘亮程《半路上的库车》、朱秀海《一个人的车站》、王剑冰《水墨周庄》、董谦《种稻记》等。七人中的任何一位散文家都以实力呈现，任何一位实力派作家都会努力奉献自己卓具新意的作品集。在邀约散文名家加盟过程中，编选者主张作品优先，内容为王，名人也须出力作，否则宁可给新人新作以展示的机会。著名军旅作家朱秀海曾以其编剧的电视剧《乔家大院》《天地民心》等闻名于世，也曾以散文集《山在山的深处》享誉散文界，这次以名篇散文《一个人的车站》为书名新编新集，值得一读。致力于散文写作和研究的王剑冰，曾以《绝版的周庄》享誉海内外，为此旅游名胜江南古镇周庄几与王剑冰结成不解之缘，此番他又以《水墨周庄》为题加盟，旅途上的读者怎能放过不读？至于刘亮程，我不能不多说几句。2016年7月本人参加全国政协民族文化考察组去往新疆，在当地政协的安排下到了博格达山脉北麓的木垒哈萨克自治县英格堡乡菜籽沟村，造访了刘亮程的“一个人的村庄”——菜籽沟村，那是这位极具理想主义和人文情怀的散文家以一己之力挽救重建的“菜籽沟艺术家村落”，当时已初具规模，吸引了各类艺术家入驻。我们到村落里刘亮程的“木垒书院”参观，那天书院主人不在，是他的助手开门揖客。听了一些简要介绍，参加考察的政协委员无不感叹这位著名散文作家的文化情怀。本次他携新编散文集《半路上的库车》加盟，并且在书中插入他自己的画作。那画作既有西北少数民族的风情，又有作家与生俱来的文人画作韵味，可以让读者更为走近这位散文名家。

上述三位入选作家自然是读者相当熟悉的名人，他们的加盟可以体现《旅伴文库》的感召力和他们的合作诚意。可我们还要为散文界的新人入选而欣喜。董谦先生自称除22年新闻从业经验外，别无所长，一米九几的大高个，在深圳做了几年报社的副总，却因乡心难却，返身回到湖南汨罗乡下，亲自种稻，一心要种出无农药无化肥无转基因的生态大米，这次他给我们带来的《种稻记》，个中情趣自不待言。

作为《旅伴文库》最先面世的第一个系列，“散文精品城际阅读”（2018）系列的七人七书可以称得上是精选精编而成，给我们浑然一体的感觉。对此，出版社是信心满满，相信读者也能兴趣满满。而对于整套文库后续的编选出版工作，则应当说是有了一个好的开头。管中可以窥豹，开局能见气象，相信《旅伴文库》是能够成为众多旅行者满意的伴侣的。

2017 年 9 月于贵州、广西、北京旅次中

聂震宁，全国政协委员，中国出版协会副理事长，中国韬奋基金会理事长，中国作协全国委员会名誉委员，《旅伴文库》总主编。

一切都没有过去

我对库车的兴趣缘于许多年前的一次南疆之行。那时我刚从新疆北部一个偏僻小村庄走出，天山以南的南疆对我还是一片完全陌生的地域，我对迎面而来的更广阔无边的戈壁荒漠惊叹不已。那是一次漫长而紧促的行旅，几千公里的路途，几乎没有在哪儿停顿过，沿途一阵风一样穿过的那些维吾尔人居住的村落城镇，就像曾经的梦境般熟悉亲切。低矮破旧的土房子、深陷沙漠的小块田地、环屋绕树的袅袅炊烟，以及赶驴车下地的农人——仿佛我是生活其中的一个人，又永远地置身其外。一切都像一场梦一样飘忽，

一阵风一样没有着落。也许为弥补那次行旅的紧促，梦中我又沿那条长路走过无数次。

我记得我们在一个周五黄昏到达库车老城，满街的毛驴车正在散去。那是老城每周一次的巴扎（集市）日。我们停车在库车河边，在写有“龟兹古渡”桥头旁的一家维吾尔饭馆吃晚饭，街上一片零乱，没卖掉的农具、手工制品和农产品正被收拾起来，装上毛驴车。赶集的人渐渐走散，消失在夕阳尘土里，临街的门窗悄然关闭，仿佛库车的热闹到此为止。只有街对面，一位蒙面的维吾尔族妇女，依旧端坐在那里。她的褐色面纱一直垂到膝盖，卖剩的半筐馕摆在面前，街上离散的人群似乎跟她没有关系。

那时我对库车的历史知之甚少，现在仍不会知道更多。除了史书上有关库车——古龟兹国的一些片断文字，以及残存在这块土地上让人吃惊的千佛洞窟和古城遗址，库车的历史从来就没被谁清晰地看见过。

而比历史更近的，坐在街边卖馕的那个维吾尔族妇女的生活，已经离我十分遥远了。在我看来，她的蒙面褐纱并不比两千年的历史帷幕单薄。她从哪里来，她叫什么名字，在这座老城的低矮土巷里，她过着怎样一种生活。她的红柳条筐是千年前的模样，她卖剩的馕仿佛放了几个世纪。还有，她的面纱后面，我永远看不见的容颜，一双怎样的眼睛透过褐色面纱在看着我们，看着这个黄昏人世。

我禁不住走过去，向她买一块馕。多少钱一个？我想听听面纱背后的声音，却没有，她只微微抬臂，伸出一个指头。我递给她一块钱。

那块馕上肯定落了一天的尘土，我看不见。馕是麦黄色的。她递给我时用手拍打了两下，我接过来，也学她的样子拍打两下，又对着嘴吹了几口，也不见有土吹打下来，只有昏黄的暮色落在上面。

我转过身，街上已经空荡荡了，临街的几家饭馆亮起了灯。我们原打算在库车住一夜，吃了一大盘抓饭后，都有了精神，便又决定继续赶路，库车城就这样埋在身后的长夜里。

那时我想，我或许是一个运气不好的人，紧赶慢赶，赶在了一个黄昏末世。我喜欢的那些延续久远的东西正在消失，而那些新东西，过多少年才会被我熟悉和认识。我不一定会喜欢未来，我渴望在一种人们过旧的年月里安置心灵和身体。如果可能，我宁愿把未来送给别人，只留下过去，给自己。

库车老城是一处难得的昔年旧址。我想象中的古老生活，似乎就在那些土街土巷里完整地保存着。有时我会想起那个卖馕的维吾尔族妇女，她面纱后面的一双眼睛，她永远卖不完，剩下一个等着谁的麦黄圆馕。想起摆在老城街边的手工农具、铜器，那一切，会不会在我偶然途经的那个黄昏，永远消失？

直到这次，我再来到库车，看到多年前我一晃而过的老城还在那里。穿城而过的库车河，龟兹古渡、清真寺、满街的毛驴车，仿佛时光在这里停住，一切都没有过去，只有我的年华在流失。

随着中年来临，我正一点点地接近那些古老事物。我和它们就像曾经沧海的一对老人一样一见如故。我走了那么多地方，看了那么多书，思考了那么多事情，到头来我的想法和那个坐在街边打盹的老人一模一样。你看他一动不动，就到达了我一辈子要到达的地方。

而我，还在半路上呢。

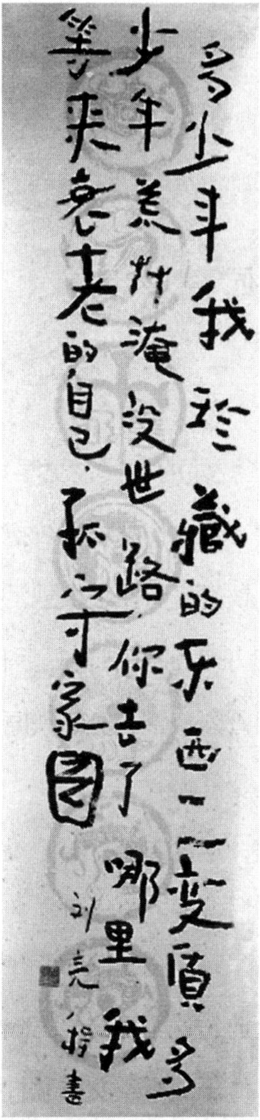

最后的铁匠

铁匠比那些城外的农民，更早地闻到麦香。在库车，麦芒初黄，铁匠们便打好一把把镰刀，等待赶集的农民来买。铁匠赶着季节做铁活儿，春耕前打犁铧、铲子、刨锄子和各种农机具零件，麦收前打镰刀。当农民们顶着烈日割麦时，铁匠已转手打制他们刨地挖渠的坎土曼了。

铁匠们知道，这些东西打早了没用。打晚了，就卖不出去，只有挂在墙上等待明年。

吐尔洪·吐迪是这个祖传十三代的铁匠家庭中最年轻的小铁匠。他十三岁跟父亲学打铁，今年二十四岁。成家一年多了，有个不到一岁的儿子。吐尔洪说，他的孩子长大后说啥也不让他打铁了，教他好好上学，出来干别的去。吐尔洪说他当时就不愿学打铁，父亲却硬逼着他学。打铁太累人，又挣不上钱。他们家打了十几代铁了，还住在这些破烂房子里，他结婚时都没钱盖一间新房子。

吐尔洪的父亲吐迪·艾则孜也是十二三岁学打铁。他父亲是库车城里有名的铁匠，一年四季，来定做铁器的人络绎不绝。那时的家境比现在稍好一些，妇女们头戴面纱，在家做饭看管孩子，从不到铁匠炉前去干活。父亲的一把锤子养活一家人，日子还算过得去。吐迪也是不愿跟父亲学打铁，没干几天就跑掉了。他嫌打铁锤太重，累死累活挥半天才挣几块钱，他想出去做买卖。父亲给了他一点钱，他买了一车西瓜，卸在街边叫卖。结果，西瓜一半是生的，卖不出去。生意做赔了，才又垂头丧气回到父亲的打铁炉旁。

父亲说，我们就是干这个的，祖宗给我们选了打铁这一行都快一千年了，多少朝代灭掉了，我们虽没挣到多少钱，却也活得好好的。只要一代一代把手艺传下去，就会有一口饭吃。我们不干这个干啥去。

吐迪就这样硬着头皮干了下来，从父亲手里学会了打制各种农具。父亲去世后，他又把手艺传给四个弟弟和一个妹妹。他们又接着往下一辈传。如今在库车老城，他们家族共有十几个打铁的。吐迪的两个弟弟和一个侄子，跟他同在沙依巴克街边的一条小巷子里打铁，一人一个铁炉，紧挨着。吐迪和儿子吐尔洪的炉子在最里边，两个弟弟和侄子的炉安在巷口，一天到晚炉火不断，铁锤叮叮当当。吐迪的妹妹在另一条街上开铁匠铺，是城里有名的女铁匠，善做一些小农具，活儿做得精巧细致。

吐迪说他儿子吐尔洪坎土曼打得可以，打镰刀还不行，欠点儿功夫。铁匠家有自己的规矩，每样铁活都必须学到师傅满意了，才可以另立铁炉去做活。不然学个半吊子手艺，打的镰刀割不下麦子，那会败坏家族的荣誉。吐迪是这个家族中最年长者，无论说话还是教儿子打镰刀，都一脸严肃。他今年五十六岁，看上去还很壮实。他正把自己的手艺一样一样地传给儿子吐尔洪·吐迪。从打最简单的马黄钉，到打坎土曼、镰刀，但吐迪·艾则孜知道，有些很微妙的东西，是无法准确地传给下一代的。铁匠活儿就这样，锤打到最后越来越没力气。每一代间都在失传一些东西。比如手的感觉，一把镰刀打到什么程度刚好。尽管手把手地教，一双手终究无法把那种微妙的感觉传给另一双手。

还有，一把镰刀面对的广阔田野，各种各样的人。每一把镰刀都会不一样，因为每一只用镰刀的手不一样，每只手的习惯不一样。打镰刀的人，靠一双手，给千万只不一样的手打制如意家什。想到远近田野里埋头劳作的那些人，劲儿大的、劲儿小的，女人、男人、未成年的孩子……铁匠的每一把镰刀，都针对他想到的某一个人。从一块废铁烧红，落下第一锤，到打成成品，铁匠心中首先成形的是用这把镰刀的那个人。在飞溅的火星和叮叮当当的锤声里，那个人逐渐清晰，从远远的麦田中直起身，一步步走近。这时候铁匠手中的镰刀还是一弯扁铁，但已经有了雏形，像一个幼芽刚从土里长出来。铁匠知道它会长成怎样的一把大弯镰，铁匠的锤从那一刻起，变得干脆有力。

这片田野上，男人大多喜欢用大弯镰，一下搂一大片麦子，嚓的一声割倒。大开大合的干法。这种镰刀呈抛物形，镰刀从把手伸出，朝后弯一定幅度，像铅球运动员向后倾身用力，然后朝前直伸而去，刀刃一直伸到用镰者性情与气力的极端处。每把大镰刀又都有微小的差异。也有怜惜气力的人，用一把半大镰刀，游刃有余。还有人喜欢蹲着干活儿，镰刀小巧，一下搂一小把麦子，几乎能数清自家地里长了多少棵麦子。还有那些妇女们，用耳环一样弯弯的镰刀，搂过来的每株麦穗都不会撒失。

打镰刀的人，要给每一只不同的手准备镰刀，还要想到左撇子、反手握镰的人。一把镰刀用五年就不行了，坎土曼用七八年。五年前在这买过镰刀的那些人，今年又该来了，还有那个短胳膊买买提，五年前定做过一把长把镰刀，也该用坏了。也许就这一两天，他正筹备一把镰刀的钱呢。这两年棉花价不稳定，农民一年比一年穷。麦子一公斤才卖几毛钱。割麦子的镰刀自然卖不上好价。七八块钱出手，就算不错。已经好几年，一把镰刀卖不到十块钱。什么东西都不值钱，杏子一公斤四五毛钱。卖两筐杏子的钱，才够买一把镰刀。因为缺钱，一把该扔掉的破镰刀也许又留在手里，磨一磨再用一个夏季。

不论什么情况，打镰刀的人都会将这把镰刀打好，挂在墙上等着，不管这个人来与不来。铁匠活儿不会放坏。一把镰刀只适合某一个人，别人不会买它。打镰刀的人，每年都剩下几把镰刀，等不到买主。它们在铁匠铺黑黑的墙壁上，挂到明年，挂到后年，有的一挂多年。铁匠从不轻易把他打的镰刀毁掉重打，他相信走远的人还会回来。不管过去多少年，他曾经想到的那个人，终究会在茫茫田野中抬起头来，一步一步向这把镰刀走近。在铁匠家族近一千年的打铁历史中，还没有一把百年前的镰刀剩到今天。

只有一回，吐迪的太爷掌锤时，给一个左撇子打过一把歪把大弯镰。那人交了两块钱定金，便一去不回。吐迪的太爷打好镰刀，等了一年又一年，等到太爷下世，吐迪的爷爷掌锤，他父亲跟着学徒时，终于等来一个左撇子，他一眼看上那把镰刀，二话没说就买走了。这把镰刀等了整整六十七年，用它的人终于又出现了。

在那六十七年里，铁匠每年都取下那把镰刀敲打几下。打铁的人认为，他们的敲打声能提醒远近村落里买镰刀的人。他们时常取下找不到买主的镰刀敲打几下，每次都能看出一把镰刀的欠缺处：这个地方少打了两锤，那个地方敲偏了。手工活就是这样，永远都不能说完成，打成了还可打得更精细。随着人的手艺进步和对使用者的认识理解不同，一把镰刀可以永远地敲打下去。那些锤点，落在多少年前的锤点上。叮叮当当的锤声，在一条窄窄的胡同里流传，后一声追赶着前一声。后一声仿佛前一声的回音。一声比一声遥远、空洞。仿佛每一锤都是多年前那一锤的回声，一声声地传回来，沿我们看不见的一条古老胡同。

吐迪·艾则孜打镰刀时眼皮低垂，眯成细细弯镰的眼睛里，只有一把逐渐成形的镰刀。儿子吐尔洪就没这么专注了，手里打着镰刀，心里不知道想着啥事情，眼睛东张西望。铁匠炉旁一天到晚围着人，有来买镰刀的，有闲得没事看打镰刀的。天冷了还是烤火的好地方，无家可归的人，冻极了挨近铁匠炉，手伸进炉火里燎两下，又赶紧塞回袖筒赶路去了。

麦收前常有来修镰刀的乡下人，一坐大半天。一把卖掉的镰刀，三五年后又回到铁匠炉前，用得豁豁牙牙，木把也松动了。铁匠举起镰刀，扫一眼就能认出这把是不是自己打的。旧镰刀扔进炉中，烧红、修刃、淬火，看上去又跟新的一样。修一把旧镰刀一两块钱，也有耍赖皮不给钱的，丢下一句好话就走了，三五年不见面，直到镰刀再次用坏。一把镰刀顶多修两次，铁匠就再不会修了。修好一把旧镰刀，就等于少卖一把新的。

吐迪家的每一把镰刀上，都留有自己的记痕。过去三十年五十年，甚至一二百年，他们都能认出自己家族打制的镰刀。那些记痕留在不易磨损的镰刀臂弯处，像两排月牙形的指甲印，千年以来他们就这样传递记忆。每一代的印记都有所不同，一样的月牙形指甲印，在家族的每一个铁匠手里排出不同的形式。没

有具体的图谱记载每一代祖先打出的印记是怎样的形式。这种简单的变化，过去几代人数百年后，肯定会有一个后代打在镰刀弯臂上的印记与某个祖先的完全一致，冥冥中他们叠合在一起。那把千年前的镰刀，又神秘地、不被觉察地握在某个人手里。他用它割麦子、割草、芟树枝、削锨把儿和鞭杆……千百年来，就是这些永远不变的事情在磨损着一把又一把镰刀。

打镰刀的人把自己的年年月月打进黑铁里，铁块烧红、变冷，再烧红，锤子落下、挥起，再落下。这些看似简单、千年不变的手工活，也许一旦失传便永远地消失了，我们再不会找回它。那是一种生活方式。它不仅仅是架一个打铁炉，掌握火候，把一块铁打成镰刀这样简单的一件事。更重要的是打铁人长年累月，一代一代积累下来的那种心理。通过一把镰刀对世界人生的理解与认识，到头来真正失传的是这些东西。

吐尔洪·吐迪家的铁匠铺，还会一年一年敲打下去。打到他跟父亲一样的年岁还有几十年时间呢，到那时不知生活变成什么样子。他是否会像父亲一样，虽然自己当初不愿学打铁，却又硬逼着儿子去学这门累人的笨重手艺。在这段漫长的铁匠生涯中，一个人的想法或许会渐渐地变得跟祖先一样古老。不管过去多少年，社会怎样变革，我们总会在一生的某个时期，跟远在时光那头的祖先们，想到一起。

吐尔洪会从父亲吐迪那里，学会打铁的所有手艺，他是否再往下传，就是他自己的事了。那片田野还会一年一年地生长麦子，每家每户的一小畦麦地，还要用镰刀去收割。那些从铁匠铺里，一锤一锤敲打出来的镰刀，就像一弯过时的月亮，暗淡、古老、陈旧，却永不会沉落。

生 意

只是不能让自己闲下来。仅仅是这样。生意做到如今已没什么利润。

在龟兹古渡西边，一间不足十平方米的低矮房子里，从新疆大学法律系毕业的买买提，在做着不挣钱的剃头生意。他毕业三年了，找不到工作。头两年四处奔波，参加各种招工应聘考试。后来就死心了，开了这间理发店。他上了三年大学，花掉了母亲一生的积蓄，还欠了不少钱。他不想再回到库车河边那帮游手好闲的青年中去。他上了大学，原想能走出库车，跟他们不一样。现在，其实他又变得跟他们一样了，在这条老街的尘土中混日子。

这条不长的街道上开着九家理发店。一个人长长胡子要十天，长长头发要一个多月。那么多剃头刮胡刀等着他们。剃一个头一块钱，刮脸一块五。好多脸一辈子不刮一次。维吾尔族男人喜欢留胡子，有剃阴毛的习惯，大多自己在洗澡堂剃。

买买提的剃刀常常闲得生锈。房租一年一千二百块，工商税每月二十块，税务税二十块，水、电费三十五块。买买提一天到晚挣五块十块钱，几乎在白干，但是没这件活儿人就闲住了。他的师傅牙生对他说，人得有件事情在手上，大事小事都行。没钱花穷一点可以过去，没肉吃啃干馕嘛，没事情做这一天可咋过去。买买提才二十五岁，活到跟他师傅牙生一般大，还有四五十年，这可不是个小数字。打发这么多年月得有一件日久天长的大事，可大事在哪呢。靠个小理发店打发这么长的一辈子他真不愿意，但他的师傅牙生就是靠剃头活了一辈子。十五岁学徒，现在七十五岁，带着几个徒弟，很多老顾客的头，还是他亲自剃。他剃过的头有一半已经不在人世。另一半，从黑发剃到白头。师傅对人头脑里的想法，比买买提知道得多。许多躺在椅子上让他剃头的人，情愿把脑子里的想法说给他听。只要他的剃刀挨近头皮，那些人就会滔滔不绝地说起往事。你看，我哪儿都没去过，守一件剃头的小生意，却知道库车城里的许多事。那些管历史的人都没我知道得多，我只是不说出去，那些来剃头的人都愿把埋了好多年的话说给我听，他们知道我不会说出去。我一天到晚都在理发店，不会闲得没事跑到街上传闲话，这都是我的收获呀。钱嘛，算啥。师傅牙生经常对买买提说，你要有件事情在手上，牢牢守住。

你看那个收旧货的玉素甫，每天一大早，把毛驴车停在巷子口，车上放几个旧录音机、破木箱子，自己躺在一边睡觉。他从不乱跑，不满巷子吆喝。他的毛驴车在巷子口停了许多年了。全库车的人都知道这个巷子口有个收旧货的老头，有卖的旧东西他们会自己搬过来，或者说一声让他赶驴车去拉。他把那块地方守住了。毛驴车和车上的几件旧货是他永远不变的招牌。

库车老城里有卖不完的旧东西。从两千年前的汉代马钱、龟兹古币，到明清时期的瓷器，以及伊斯兰风格的各种铜器，还有现代电器、废铁烂桌椅，玉素甫见什么收什么。他知道谁家有哪些东西，哪些东西已经用旧，该换新的了。那些人家的新电视机从巷子口抬进去的时候，玉素甫就知道，这件东西迟早是他的。别看他们几千块钱买来，过不了十年，他几十块钱，甚至几块钱就收购了。他有的是时间等那些东西变旧、变坏。还有他们舍不得卖的老古董，祖传的金银铜器，这需要更长久的耐心等待它们。他从不上门吆喝，他的毛驴车一天到晚停在巷口。家中有旧货的人，从毛驴车旁过来过去，总有耐不住诱惑的，把存藏多年的旧东西抱出来。玉素甫眯缝着眼睛，一直等这个人走近，喊一声，他还不起来，直到人家把东西放下，蹬一脚毛驴车，他才慢腾腾地坐起，睁一睁眼睛。

买买提的理发店斜对面，龟兹古渡桥头，是每个巴扎日的鸡市、鸽子市。买买提经常看见一个长胡子老汉，怀里抱一只鸡，从早坐到晚，还没卖出去。买买提有时替那个老人着急，真想把那只鸡买回来。可是，买买提一天的收入，顶多够买半只鸡。巴扎日也是剃头生意最好的日子，远近村庄的农民，把头发胡子留着，到巴扎上来剃。卖点农产品，吃一碗抓饭，再刮净脸、剃光头，换个人一样地坐毛驴车回去。

一次，买买提问一个来剃头的买卖人。那个长胡子老汉的鸡嘛，他大概是不想卖，一开口要价四十块钱。买卖人说，这个价格是不想出手，他在靠那只鸡熬日子，家里大概就一只鸡。一大早把鸡卖了，剩下一整天他干啥去。晌午把鸡卖了，下午干啥去。这个巴扎日把鸡卖了，下个巴扎日他又干啥去。反正，鸡抱在怀里，又飞不掉。只要坐在那里，总会有人过来跟他说这只鸡的事。有时会有几十个人围着他，讨价还价。有的是真买，有的只是讨讨价，磨磨嘴皮子。就像他怀里有一只压根不卖的鸡，那些人的脑子里，也仅有一个买鸡的想法。无论价杀到多少，都不会掏出钱来。

长胡子老汉兜儿里装着苞谷豆，不时捏出几粒，塞到鸡嘴里。鸡在怀里长肉呢，还是只红花母鸡。说不定熬到下午，下一个蛋，四毛钱又回来了。

桥头除了卖乡下土鸡的，还有卖斗鸡的，装在麻袋或笼子里，样子很凶，见别的鸡就想扑过去。斗鸡售价很高。在库车河边几个隐秘处，每个巴扎都有玩斗鸡的，多带赌博。玩者往鸡身上押注，在一阵鸡毛乱飞的叼斗中获得输赢。

生意最火的是买卖鸽子。库车维吾尔人喜欢养鸽、玩鸽。肉鸽五块钱八块钱一只，信鸽和玩赏鸽就无价了。卖鸽的人将鸽子藏在袖筒里，露一个鸽头，其余的全在他的话语里：这只鸽子嘛，飞到天上，翻几个跟头，直直栽下来，快碰到地了嘛，一抬头，直直地又上去了，鹞子都追不上。卖鸽人不会把鸽子放到天上做这些动作，所有鸽子都靠卖鸽人的嘴，在想象的天空飞舞。还有帮腔的，以更坚定的口吻证明这些话的真实。鸽子只是转动着一对小眼睛，看看人，又看看别的鸽子。人的大话可能进不到它的小耳朵里。炒一只鸽子，就像炒一只股，炒起来就能卖掉，跌到谁手里谁倒霉。

买买提以前跟几个朋友在鸽市上混过，知道那些卖鸽人的把戏。一只鸽子早晨在阿不都的袖筒里，不到中午又到了米吉提的袖筒，下午，它不知又在谁的袖筒里咕咕叫呢。也可能天黑前，又回到阿不都手里。这个过程中有人赚了五块十块，有人赔了两三块，有人不赔不赚。

这种买卖虽有趣好玩，但总觉得不踏实，不是件正经事。那些钱票子，就像鸽子身上掉下的毛，不知啥时会落到自己手里，到手了也还会飘去。鸽市上的人五花八门，有的是小偷、吸白面的，弄不好就把自己栽进去。

买买提就是在一个赔了几十块钱的巴扎日下午，离开鸽市走进牙生的小理发店，剃完头，刮过脸，然后就做了牙生的徒弟。那是他大学毕业的第二年秋天。现在，买买提也收了一个小徒弟，十四五岁，小巴朗（男孩）聪明能干，很快就能单独剃头了。一般的活儿，买买提就让徒弟干了，自己靠在背椅上看书，跟顾客聊天。他很少碰到师傅牙生说的“把满脑子想法说给自己听的”那种人，找他理发的人大多沉默寡语，他问一句，人家答一句，不问便没话了。他的小理发店一天到晚静静的，他和小徒弟也很少说话，没活儿干时两个人就面朝窗口看着街，看停在门口待客的毛驴车，有时驴叫声会让他稍稍兴奋。

买买提还没想好该怎样度过一辈子，不能像师傅教导他一样教导自己的徒弟。师傅的所有意图是让他安下心来，把一件事做到底。做到底又能怎么样呢，会不会像师傅牙生一样，握把小剃刀忙了一辈子，没挣上啥钱，只装了一脑子生活道理。这些道理说不上有多好，也说不上有啥不好。那种生活，适合人慢慢地去过。只是买买提还年轻，有许多梦没有醒。俗话说，腿好的时候多走路，牙好的时候多吃肉。买买提腿和牙都好得很，可是，路和肉在哪里。

买买提知道师傅所说的，是老城人都在过的一种最后的生活——当你在外面实在没啥奔头了，回到这条老街的尘土中，做一件小事情，一直到老。况且，人不会一直不停忙地上的俗事，到了一定年龄，你会听到真主的召唤。那时，身边手边的事就不重要了，再大的事都成了小事。

五千个买买提

巴扎日，站在库车河大桥上喊一声买买提，至少有五千个人答应。

维吾尔人重名多。无论走到南疆哪座城镇、哪个乡村，都有许多叫库尔班、司马义、玉素甫这些名字的人。

叫买买提的人就更多了。

库车老城短短的一条小街上，就有几十个做生意的买买提。这么多买买提怎么区分呢。我的维语翻译库尔班·买买提是县政府退休干部，他父亲就叫买买提。维吾尔人的起名习惯是把父亲的名字缀在后面。

库尔班在库车工作生活了几十年，他认识的买买提就有上千个。一天我们转累了，在老城街边的买买提饭馆吃烤包子，然后就听他讲起有关买买提的故事。

这家饭馆的老板就叫买买提，你看，脖子上搭块毛巾，又黑又壮的那个，人们叫他“喀拉买买提”，意思是“黑买买提”。那个倒茶的伙计，白白胖胖的，都叫他“阿克买买提”（白买买提）。

街对面那两个卖馕的买买提，一大一小，大的叫“琼买买提”（大买买提），小的叫“克齐克买买提”（小买买提）。大家都这样叫，他们也就接受了。要不然没办法，叫一个买买提，过来一群。

还有按职业来区分的。街南边，那个小巷子里打铁的买买提叫“铁匠买买提”。整天穿着制服，在街上收税的买买提叫“工商局的买买提”。斜对过的市场里，一排坐着五个鞋匠，其中有两个买买提。如果都叫“鞋匠买买提”，便又分不清了。正好一个从轮台来的，轮台的补鞋生意全叫内地来的鞋匠抢了，他只好跑到库车。库车老城的鞋匠全是维吾尔族人，他们牢牢占据着墙根街角的有利位置，靠一毛钱两毛钱的小生意维持生计。人们叫他“买买提比古勒”（轮台的买买提）。

更多的是以外号来区分，这条街上几乎每个人都有外号。

街那头，拐过去那条小巷子里，有个做驴拥子的买买提，有名的酒鬼，做一个驴拥子，能喝掉两瓶酒。他的驴拥子顶多能换回酒钱。所以，做了大半辈子皮活儿，还是个穷光蛋。

他做驴拥子时，酒瓶子酒碗放在身边，缝几针，喝一口。一拃长的大铁针，穿上鞋带一般粗的皮条线，针用得发烫了就伸进酒碗里蘸一下。买他的驴拥子根本不用看，鼻子凑上去闻一下，一股酒香气，压过皮子的膻臊味。这样的拥子驴也爱戴，人自然喜欢买。有趣的是，买买提酒喝得越多，皮活儿做得越细。两瓶酒下肚，身子不晃，手不抖，针脚走得又匀又细，驴拥子上的酒香味也更足。人们给他的外号叫“肖旁”（酿酒房）——买买提肖旁。

还有一个买买提，整天没事干，在街上闲转，看哪家饭馆哪个烤肉摊上有认识的人，就凑上去白吃白喝。人们都叫他“哈勒达”（口袋）。

另外一个爱混饭吃的买买提，混了一个“波劳”（抓饭）的外号。他的真名都没人叫了。

早几年，街上有个卖烤肉的买买提，每逢巴扎日，他的烤肉摊前便摆满卖衣服杂货的地摊。他发现有个卖卡拉西（套鞋）的，生意特好，他卖十串烤羊肉，人家就卖两三双套鞋，他过去一打问，人家卖一双套鞋挣的钱，比他卖十串烤肉的利润还高。买买提一下子动心了，烤肉炉子停掉，租了辆卡车，从乌鲁木齐贩了一车卡拉西，堆在烤肉炉子旁叫卖。

当地的维吾尔人喜欢在鞋或靴子外套一双鞋，主要为了保护皮靴子。套鞋多用橡胶制作，一种圆头的叫“玉德克卡拉西”，套在马靴或皮鞋外面穿。一种尖头的叫“买赛卡拉西”，套在较体面的软底皮靴上，多为老年人和阿訇穿。到清真寺做礼拜，要脱鞋才能进大殿。如果穿高腰皮鞋，外面套套鞋，只需脱掉套鞋便可进入，没穿套鞋的则要全部脱掉。

到维吾尔人家做客，有穿鞋上炕的习惯，光脚上炕被认为是不礼貌。炕上铺地毯或花毡，穿鞋上去很容易弄脏。所以，有了套鞋便方便了，上炕只需脱掉套鞋就可以了。

那些土巷土路上行走的维吾尔人，雨天蹚泥，晴天蹚土，幸亏有一双套鞋护着鞋子。维吾尔人爱惜自己的鞋子，一双好皮靴穿半辈子，套鞋磨破一双又一双，皮靴的底还好好的，跟新的一样。

买买提的那一车套鞋却把自己套了进去，他进价太高，没人要。嗓子都叫哑了，也没卖掉几双。全库车人都知道这条街上有个卖烤肉的买买提，卸了一大车卡拉西在卖，却没人过来买一双，人们给他起了个外号，叫“卡拉西”。尽管他现在早不卖套鞋，又架起炉子卖烤肉了，人们还这样叫他，恐怕要叫一辈子。

还有一些买买提，名字后面缀上自己妻子的名字，就像买买提·阿依古丽，买买提·热依汗。都是些没名气的买买提，一没特长，二没缺陷，不好区别。妻子的名声都比他大，只好把妻子的名字带上，不然就混到千万个买买提中找不见了。

女人的重名更多。库车四十万人，二十万女人，大概有十万个“古丽”（花朵）。要区分起来，比买买提更复杂，也更有意思。好在我们一辈子认识不了多少个古丽，那些千姿百态争芳斗妍的古丽，见一面就能记住，有多少也不会忘记。

尘 土

那些一有动静、一只驴蹄子就能踩起来的尘土是买买提、阿不拉江、卡斯木，他们在这条老街上还有一二十年的年轻日子。从街这头窜到那头，一忽儿工夫，像小毛驴一样有朝气。他们喝酒、打架、玩女人、做骗人生意，在这条街上，他们的青春多么陈旧，早就有人像他们一样生活过，那些不再新鲜的快乐，依旧吸引着下一代人。男人们，年轻的时候吃喝玩乐，无所事事。过了四十岁，戒酒，戒烟，改掉不良习气，清真寺成了每日的去处。腿走不动时想到了回家。身体变老时就会操劳心灵的事。半辈子生命扔给喧闹尘世，半辈子留给上天真主。

那颗落定不动，不管刮多大风，过去多少头毛驴都不会飘起的尘土，是库尔班大叔。他此刻就坐在尘土飞扬的街边，看街上行人，看耗掉他一生的短短街道，看他再也无力追求的漂亮女人们。

十二岁时他在这条街南头帮别人卖馕，十七岁到乡下帮人种了两年麦子，十九岁回到老城，在库车河边那群游手好闲的青年中混日子。喝酒，抽麻烟，偷鸽子，勾引女孩。二十三岁结婚，那时他想有件正经事干了，找到一家饭馆做帮厨，炒菜、拉面、烤薄皮包子。三十岁时开始自己做生意，骑一辆破摩托车，到乡下收皮子，驮到街上倒卖。也收一些古董，汉代钱币，明清瓷器，更多是伊斯兰风格的铜器和地毯。四十岁时他已经有五个孩子，三男两女。

现在他七十八岁，牙已经掉了九颗。孩子全长大了，最大的儿子已经五十多岁。他们分了家自己生活。库尔班又变成一个人，坐在老街的尘土里。他时常一动不动，除了清真寺的喊唤，一天五次，引领他的身心朝西跪拜，再没有任何事情能够使唤动他的身体。他说，他还想娶一个洋岗子（媳妇），啥都有，房子、床、果树、力气，就是没钱了。全花光了。

老街上看到最多的就是老人。他们或蹲或坐，或缓缓行走。胡大（真主）有意让这些穷人在没多少财富的世间待长些日子。馕、酽茶、拉面，这些简单的食物能让他们吃到一百多岁，只剩下半颗牙。一天三顿饭，有时不知哪顿在哪里吃，一日五次的乃玛孜（礼拜），无论走到哪里，都不会耽误，简单铺一块布，面朝西，就地做起。

生命如此漫长，除了青春短促，年轻人在迅速老去，女人的青春像一阵风飘向远处。那些美丽的女孩子：阿依古丽、左克拉古丽、热孜古丽……她们的美丽终生只能看见一次，一朵一朵的花儿开败在巷子深处。独享花容的男人们，早晨出去，卖一张羊皮回来，妻子就老掉了，母羊下了两只羔子。男人们到七十岁还不老，卡瓦提八十二岁又娶了一个三十岁的洋岗子。一茬一茬的美貌女子，都让他们赶上了。

通往田野的小巷

顺着一条巷子往前走，经过铁匠铺、馕坑、烧土陶的作坊，不知不觉地，便进入一片果园或苞谷地。八九月份，白色、红色的桑葚斑斑点点熟落在地。鸟在头顶的枝叶间鸣叫，巷子里的人家静悄悄的。很久，听见一辆毛驴车的声音，驴蹄嘀嗒嘀嗒地点踏过来，毛驴小小的，黑色，白眼圈，宽长的车排上铺着红毡子，上搭红布凉棚。赶车的多为小孩和老人，坐车的，多是些丰满漂亮的女人，服饰艳丽，爱用浓郁香水，一路过去，留香数里，把鸟的头都熏晕了。如果不是巴扎日，老城的热闹仅在龟兹古渡两旁，饭馆、商店、清真寺、手工作坊，以及桥上桥下的各种民间交易。这一块是库车老城跳动不息的古老心脏，它的头是昼夜高昂的清真大寺，它的手臂背在身后，双腿埋在千年尘土里，不再迈动半步。

库车城外的田野更像田野，田地间野草果树杂生。不像其他地方的田野，是纯粹的庄稼世界。

在城郊乌恰乡的麦田里，芦苇和种类繁多的野草，长得跟麦子一样旺势。高大的桑树杏树耸在麦田中间。白杨树挨挨挤挤围拢四周，简直像一个植物乐园。桑树、杏树虽高大繁茂，却不欺麦子。它的根直扎下去，不与麦子争夺地表层的养分。在它的庞大树冠下，麦子一片油绿。

有人说，南疆农民懒惰，地里长满了草。我倒觉得，这跟懒没关系，而是一种生存态度。在许多地方，人们已经过于勤快，把大地改变得只适合人自己居住。他们忙忙碌碌，从来不会为一只飞过头顶的鸟想一想，它会在哪儿落脚，它的食物和水在哪里。还有那些对他们没有用处的野草，全铲除干净，虫子消灭光。在那里，除了人吃的粮食，土地再没有生长万物的权利。

库车农民的生活就像他们的民歌一样缓慢悠长。那些毛驴，一步三个蹄印地走在千年乡道上，驴车上的人悠悠然然，再长的路，再要紧的事也是这种走法。不管太阳什么时候出来，又什么时候落山。田地里的杂草，就在他们的缓慢与悠然间，生长出来，长到跟麦子一样高，一样结饱籽粒。

在这片田野里，一棵草可以放心地长到老而不必担心被人铲除。一棵树也无须担忧自己长错位置，只要长出来，就会生长下去。人的粮食和毛驴爱吃的杂草长在同一块地里。鸟在树枝上做窠，在树下的麦田捉虫子吃，有时也啄食半黄的麦粒，人睁一眼闭一眼。库车的麦田里没有麦草人，鸟连真人都不怕，敢落到人帽上，敢把窝筑在一伸手就够到的矮树枝上。

一年四季，田野的气息从那些弯曲的小巷吹进老城。杏花开败了，麦穗扬花。桑葚子熟落时，葡萄下架。靠农业养活，以手工谋生的库车老城，它的每一条巷子都通往果园和麦地，沿着它的每一条土路都走回到过去。毛驴车，这种古老可爱的交通工具，悠悠晃晃，载着人们，在这块绿洲上，一年年地原地打转。永远跑不快，跑不了多远。也永远不需要跑多快多远。

不远的绿洲之外，是荒无人烟的戈壁沙漠。

龟兹王后王妃

龟兹驴志

库车四十万人口，四万头驴。每辆驴车载十人，四万驴车一次拉走全县人，这对驴车来说不算太超重。民国三十三年（1944 年）全县人口十万，驴二点五万头，平均四人一驴。在克孜尔石窟壁画中有商旅负贩图，画有一人一驴，驴背驮载着丝绸之类的货物，这幅一千多年前的壁画是否在说明那时的人驴比例：一人一驴。

文献记载，公元三世纪，库车驴已作为运输工具奔走在古丝绸道上。库车驴最远走到了哪里谁也说不清楚。解放初期，解放军调集南疆数十万头毛驴，负粮载物紧急援藏，大部分是和田喀什驴，库车毛驴征去多少无从查实。数十万头驴几乎全部冻死在翻越莽莽昆仑的冰天雪地。库车驴的另一次灾难在五六十年代，当时政府嫌库车驴矮小，引进关中驴交配改良。结果，改良后的驴徒有高大躯体，却不能适应南疆干旱炎热的气候，更不能适应库车田野的粗杂草料，改良因此终止。库车驴这个古老品种有幸保留下来。

在库车数千年历史中，曾有好几种动物与驴争宠。马、牛、骆驼，都曾被人重用，而最终毛驴站稳了脚跟。其他动物几乎只剩下名字，连蹄印都难以找到了。这是人的选择，还是毛驴的智谋？

《大唐西域记》记载，库车城北山中有大龙池，池中的龙善于变化，常变成马，“交合牝马，遂生龙驹，乖戾难驭”，所以龟兹以盛产骏马闻名西域。那时当是马的世界，骆驼亦显赫其中。毛驴躲在阴暗角落，默默无闻，等待出头之日。龟兹城中无水井，妇女们要到龙池边汲水，那条交合过牝马的龙又变成男人，与女人交合。结果生出的全是龙种，能像马一样跑得飞快，个个恃武好强，不受国王管束。国王无奈，只好“引构突厥，杀此城人”，龙驹也受牵连，剥皮宰肉，剩下乖巧听话的小黑毛驴。这条好色之龙，又幻化成驴形，与母驴交合，公驴不愿意，遂四处鸣叫，召集千万头，屁股对着龙池放草屁。池水被熏臭，龙招架不住，沉入池底，千余年未露头。驴的贞操被保住，其乖巧天性得以代代相传。

如今的库车已是全疆有名的毛驴大县。每逢巴扎日，千万辆驴车拥街挤巷，前后不见首尾，没有哪种牲畜在人世间活出这般壮景。羊跟人进了城便变成肉和皮子；牛牵到巴扎上也是被宰卖；鸡、鸽子，大都有去无回。只有驴，跟人一起上街，又一起回到家。虽然也有驴市买卖，只是换个主人。维吾尔人禁吃驴肉，也不用驴皮做皮具，驴可以放心大胆活到老。驴越老，就越能体会到自己比其他动物活得都好。

库车看上去就像一辆大驴车，被千万头毛驴拉着。除了毛驴，似乎没有哪种机器可以拉动这架千年老车。

在热斯坦街紧靠麻扎的一间小铁匠房里，九十五岁的老铁匠尕依提，打了七十多年的驴掌，多少代驴在他的锤声里老死。尕依提的眼睛好多年前就花了，他戴一副几乎不透光的厚黑墨镜，闭着眼也能把驴掌打好，在驴背上摸一把，便知道这头驴长什么样的蹄子，用多大号的掌。

他的两个儿子在隔壁一间大铁匠房里打驴掌，兄弟二人又雇了两个帮工的，一天到晚生意不断。大儿子一结婚便跟父亲分了家，接着二儿子学成手艺单干，剩老父亲一人在那间低暗的小作坊里摸黑打铁。只有他们俩知道，父亲的眼睛早看不见东西了，当他戴着厚黑墨镜，给那些老顾客的毛驴钉掌时，他们几乎看不出尕依提的眼睛瞎了。两个儿子也从没把这件事告诉任何人，让人知道了，老父亲就没生意了。

尕依提对毛驴的了解，已经达到了多么深奥的程度，他让我这个自以为“通驴性的人”望尘莫及。他见过的驴，比我见过的人还多呢。

早年，库车老城街巷全是土路时，一副驴掌能用两三个月，跟人穿破一双布鞋的时间差不多。现在街道上铺了石子和柏油，一副驴掌顶多用二十天便磨坏了。驴的费用猛增了许多。钉副驴掌七八块钱，马掌十二块钱。驴车拉一个人挣五毛，拉十五个人，驴才勉强把自己的掌钱挣回来。还有草料钱，套具钱，这些挣够了才是赶驴车人的饭钱。可能毛驴早就知道，它辛辛苦苦也是在给自己挣钱。赶车人只挣了个赶车钱，车的本钱还不知道找谁算呢。

尤其老城里的驴车户，草料都得买，一公斤苞谷八毛钱，贵的时候一块多。湿草一车十几块，干草一

车二三十块。苜蓿要贵一些，论捆子卖。不知道驴会不会算账。赶驴车的人得掰着指头算清楚，今年挣了多少，花了多少。老城大桥下的宽阔河滩是每个巴扎日的柴草集市，上千辆驴车摆在库车河道里。有卖干梭梭柴的，有卖筐和芨芨扫帚的，再就是卖草料的。买方卖方都赶着驴车，有时一辆车上的东西跑到另一辆车上，买卖就算做成了。空车来的实车回去。也有卖不掉的，一车湿草晒一天变成蔫草，又拉回去。

驴跟着人屁股在集市上转，驴看上的好草人不一定会买，驴在草市上主要看驴。上个巴扎日看见的那头白肚皮母驴，今天怎么没来，可能在大桥那边，堆着大堆筐子的地方。驴忍不住昂叫一声，那头母驴听见了，就会应答。有时一头驴一叫，满河滩的驴全起哄乱叫，那阵势可就大了，人的啥声音都听不见了，耳朵里全是驴声，吵得买卖都谈不成。人只好各管各的牲口，驴嘴上敲一棒，瞪驴一眼，驴就住嘴了。驴眼睛是所有动物中最色的，驴一年四季都发情。人骂好色男人跟毛驴子一样。驴性情活泛，跟人一样，是懂得享乐的好动物。

驴在集市上看见人和人讨价还价，自己跟别的驴交头接耳。拉了一年车，驴在心里大概也会清楚人挣了多少，会花多少给自己买草料，花多少给老婆孩子买衣服吃食。人有时自己花超了，钱不够了，会拍拍驴背：“哎，阿达西（朋友），钱没有了，苜蓿嘛就算了，拉一车干麦草回去过日子吧。”驴看见人转了一天，也没吃上抓饭、拌面，只啃了一块干馕，也就不计较什么了。

毛驴从一岁多就开始干活，一直干到老死，毛驴从不会像人一样老到卧榻不起要别人照顾。驴老得不行时，眼皮会耷拉下来，没力气看东西了，却还能挪动蹄子，拉小半车东西，跑不快，像瞌睡了。走路迟迟缓缓，还摇晃着，人也再不催赶它，由着驴性子走，走到实在走不动，驴便一下卧倒在地，像一架草棚塌了似的。驴一卧倒，便再起不来，顶多一两天，就断气了。

驴的尸体被人拉去埋了，埋在庄稼地或果树下面，这片庄稼或这棵果树便长势非凡，一头驴在下面使劲呢。尽管驴没有坟墓，但人在好多年后都会记得这块地下埋了一头驴。

四万头毛驴，四万辆驴车的库车，几乎每条街每个巷子都有钉驴掌的铁匠铺。做驴拥子、套具的皮匠铺在巷子深处。皮匠活儿臭，尤其熟皮子时气味更难闻，要躲开街市。牛皮套具依旧是库车车户的抢手货，价格比胶皮腈纶套具都贵。尽管后者好看，也同样结实。一条纯牛皮袢二十块、二十五块钱。胶皮车袢顶多卖十五块。

在老城，传统的手工制品仍享有很高地位。工厂制造的不锈钢饭勺，三块钱一把，老城人还是喜欢买五六块钱一把的铜饭勺。这些手工制品，又厚又笨，却经久耐用。维吾尔人对铜有特别的喜好，他们信赖铜这种金属。手工打制的铜壶，八十元、一百元一只，比铝制壶贵多了，他们仍喜欢买。尽管工厂制造的肥皂换了无数代了，库车老城的自制土肥皂，扁圆的一坨，三块钱一块，满街堆卖的都是。让它们退出街市，还要多少年工夫，可能多久也不会退出，就像他们用惯的小黑毛驴。即使整个世界的交通工具都用四个轮子了，他们仍会用这种四只小蹄的可爱动物。

在新疆，哈萨克人选择了马，汉族人选择了牛，而维吾尔人选择了驴。一个民族的个性与命运，或许跟他们选择的动物有直接关系。

如果不为了奔跑速度，不为征战、耕耘、负重，仅作为生活帮手，库车小毛驴或许是最适合的，它体格小，前腿腾空立起来比人高不了多少，对人没有压力。常见一些高大男人，骑一头比自己还小的黑毛驴，嘚嘚嘚从一个巷子出来，驴屁股上还搭着两褡裢（布袋）货物，真替驴的小腰身担忧，驴却一副无所谓的样子。驴骑一辈子也不会成罗圈腿，它的小腰身夹在人的两腿间大小正合适。不像马，骑着舒服，跑起来也快，但骑久了人的双腿就顺着马肚子长成括弧形了。

库车驴最好养活，能跟穷人一起过日子。一把粗杂饲草喂饱肚子，极少生病，跟沙漠里的梭梭柴一样耐干旱。

在南疆，常见一人一驴车，行走在茫茫沙漠戈壁。前后不见村子，一条模糊的沙石小路，撇开柏油大道，径直地伸向荒漠深处。不知那里面有啥好去处，有什么好东西吸引驴和人，走那么远的荒凉路。有时碰见他们从沙漠出来，依旧一人一驴车，车上放几根梭梭柴和半麻袋疙疙瘩瘩的什么东西。

一走进村子便是驴的世界，家家有驴。每棵树下拴着驴，每条路上都有驴的身影和踪迹。尤其一早一晚，下地收工的驴车一长串，前吆后喝，你追我赶，一副人驴共世的美好景观。

相比之下，北疆的驴便孤单了。一个村子顶多几头驴，各干各的活儿，很难遇到一起撒欢子。发情季节要奔过田野荒滩，到别的村子找配偶，往往几个季节轮空了。在北疆的乡村路上很难遇见驴，偶尔遇见一头，神色忧郁，垂头丧气的样子，眼睛中满是末世忧患，似乎驴心头上的事儿，比肩背上的要沉多少倍。

库车小毛驴保留着驴的古老天性，它们看上去是快乐的。撒欢子，尥蹶子，无所顾忌地鸣叫，人驴已经默契到好友同伴的地步。幽默的库车人给他们朝夕相处的小毛驴总结了五个好处。

一、不用花钱。

二、嘴严。跟它一起干了啥事它都不说出去。

三、没有传染病。

四、干多久活它都没意见。

五、你干累了它还把你驮回家去。

在库车两千多年的人类历史中，小黑毛驴驮过佛经，驮过《古兰经》。骑在毛驴背上的库车人，自公元前三四世纪起信仰佛教，广建佛寺，遍凿佛窟。当时龟兹国三万人口，竟有五千佛僧，佛塔庙千所，乃丝绸北道有名的佛教中心。葱岭以东的王族妇女都远道至龟兹的尼寺内修行。毛驴是那时的重要交通工具，驮佛经又驮佛僧，还驮远远近近的拜佛人。相传高僧鸠摩罗什常骑一头脚心长白毛的小黑毛驴，手捧佛经，往来于西域各国。驴的悠长鸣叫跟诵经声很接近，不知谁受了谁的影响。无论佛寺的诵唱，还是清真寺的喊唤，都接近这种生命的叫声。这种声音神秘而神圣，能让人亢奋，肃然回首，能将散乱的人群召唤到一处。在西域历史上，佛教与伊斯兰教，制造了两次生命与精神的大集合。过了一千多年，曾经笃信佛教的库车人改信伊斯兰教。杀佛僧，毁佛庙，建清真寺，毛驴依旧是主要的交通工具。常见阿訇手捧《古兰经》，骑一头小黑毛驴，往返于清真寺之间，样子跟当年的鸠摩罗什没啥区别。那头小黑毛驴没变，驴上的人没变，只是手里的经变了。不知毛驴懂不懂得这些人世变故。

无论佛寺还是清真寺，都在召唤人们到一个神圣去处，不管这个去处在哪儿，人需要这种召唤。散乱的人群需要一个共同的心灵居所，无论它是上天的神圣呼唤，还是一头小黑毛驴的天真鸣叫。人听到了，都会前往，全身心地奔赴。

托包克游戏

吐尼亚孜给我讲过一种他年轻时玩的游戏——托包克。游戏流传久远而广泛，不但青年人玩，中年人、老年人也在玩。因为游戏的期限短则两三年，长则几十年，一旦玩起来，就无法再停住。有人一辈子被一场游戏追逐，到老都不能脱身。

托包克游戏的道具是羊腿关节处的一块骨头，叫羊髀矢，像色子一样有六个不同的面，常见的玩法是打髀矢，两人、多人都可玩。两人玩时，你把髀矢立在地上，我抛髀矢去打，打出去三脚远这块髀矢便归我。打不上或没打出三脚，我就把髀矢立在地上让你打，轮回往复。从童年到青年，几乎每个人都拥有过一书包各式各样的羊髀矢，染成红色或蓝色，刻上字。到后来又都输得精光，或丢得一个不剩。

另一种玩法跟掷色子差不多。一个或几个髀矢同时撒出去，看落地的面和组合，髀矢主要的四个面分为窝窝、背背、香九、臭九，组合好的一方赢。早先好赌的人牵着羊去赌髀矢，围一圈人，每人手里牵着根绳子，羊跟在屁股后面，也伸进头去看。几块羊腿上的骨头，在场子里抛来滚去，一会儿工夫，有人输了，手里的羊成了别人的。

托包克的玩法就像打髀矢的某个瞬间被无限延长、放慢，一块抛出去的羊髀矢，在时间岁月中飞行，一会儿窝窝背背，一会儿臭九香九，那些变幻人很难看清。

吐尼亚孜说他玩托包克，输掉了五十多只羊。在他们约定的四十年时间里，那个跟他玩托包克的人，只给了他一小块羊骨头，便从他手里牵走了五十多只羊。

真是小心翼翼、紧张却有趣的四十年。一块别人的羊髀矢，藏在自己腰包里，要藏好了，不能丢失，不能放到别处。给你髀矢的人一直暗暗盯着你，稍一疏忽，那个人就会突然站在你面前，伸出手：拿出我的羊髀矢。你若拿不出来，你的一只羊就成了他的。若从身上摸出来，你就赢他的一只羊。

托包克的玩法其实就这样简单。一般两人玩，请一个证人，商量好，我的一块羊髀矢，刻上记号交给你。在约定的时间内，我什么时候要，你都得赶快从身上拿出来，拿不出来，你就输，拿出来，我就输。

关键是游戏的时间。有的定两三年，有的定一二十年，还有定五六十年的。在这段漫长的相当于一个人半生甚至一生的时间里，托包克游戏可以没完没了地玩下去。

吐尼亚孜说他遇到真正玩托包克的高手了，要不输不了这么多。

第一只羊是他们定好协议的第三天输掉的，他下到库车河洗澡，那个人游到河中间，伸出手要他的羊髀矢。

输第二只羊是他去草湖割苇子。那时他已有了经验，在髀矢上系根皮条，拴在脚脖上。一来迷惑对方，使他看不见髀矢时，贸然地伸手来要；二来下河游泳也不会离身。去草湖割苇子要四五天，吐尼亚孜担心髀矢丢掉，便解下来放在房子里，天没亮就赶着驴车去草湖了。回来的时候，他计算好到天黑再进城，应该没有问题。可是，第三天中午，那个人骑着毛驴，在一人多深的苇丛里找到了他，问他要那块羊髀矢。

第三只羊咋输的他已记不清了。输了几只之后，他就想方设法要赢回来，故意露些破绽，让对方上当。他也赢过那人两只羊，当那人伸手时，他很快拿出了羊髀矢。可是，随着时间推移，吐尼亚孜从青年步入中年。有时他想停止这个游戏，又心疼输掉的那些羊，老想着扳本儿。况且，没有对方的同意，你根本就无法擅自终止，除非你再拿出几只羊来，承认你输了。有时吐尼亚孜也不再把年轻时随便玩的这场游戏当回事儿了，甚至一段时间，那块羊髀矢放哪了他都想不起来。结果，在连续输掉几只肥羊后，他又在家里的某角落找到了那块羊髀矢，并且钻了个孔，用一根细铁链牢牢拴在裤腰带上。吐尼亚孜从那时才清楚地认识到，那个人可是认认真真在跟他玩托包克。尽管两个人的青年已过去，中年又快过去，那个人可从没半点儿跟他开玩笑的意思。

有一段时间，那个人好像装得不当回事儿了，见了吐尼亚孜再不提托包克的事，有意把话扯得很远，似乎他已忘了曾经给过吐尼亚孜一块羊髀矢。吐尼亚孜知道那人又在耍诡计，麻痹自己。他也将计就计，髀矢藏在身上的隐秘处，见了那人若无其事。有时还故意装得心虚紧张的样子，就等那人伸出手来，向他要羊髀矢。

那人似乎真的遗忘了，一年、两年、三年过去了，都没向他提过羊髀矢的事，吐尼亚孜都有点绝望了。要是那人一直沉默下去，他输掉的几十只羊，就再没机会赢回来了。

那时库车城里已不太兴托包克游戏。不知道小一辈人在玩什么，他们手上很少看见羊髀矢，宰羊时也不见有人围着抢要那块腿骨，它和羊的其他骨头一样被随手扔到该扔的地方。扑克牌和汉族人的麻将成了一些人的热手爱好，打托拉斯、跑得快、诈金花，看不吃自摸和。托包克成了一种不登场面的隐秘游戏。只有在已成年或正老去的一两代人中，这种古老的玩法还在继续。磨得发亮的羊髀矢在一些人身上隐藏不露。在更偏远的农牧区，靠近塔里木河边的那些小村落里，还有一些孩子在玩这种游戏，一玩一辈子，那种快乐我们无法知道。

随着年老体弱，吐尼亚孜的生活越来越不好过，儿子长大了，没地方去挣钱，还跟没长大一样需要他养活。而他自己，除了有时被人请去唱一天木卡姆和花一礼拜时间打一只铜壶，也快没挣钱的地方了。

这时他就常想起输掉的那几十只羊，要是不输掉，养到现在，也一大群了。想起跟他玩托包克的那个人，因为赢去的那些羊，他已经过上好日子，整天穿戴整齐，出入上层场所，已经很少走进这些老街区来看以前的穷朋友了。

有时吐尼亚孜真想去找到那个人，向他说，求求你了，快向我要你的羊髀矢吧，但又觉得不合时宜。人家也许真的把这件早年游戏忘记了，而吐尼亚孜又不舍得丢掉那块羊髀矢，他总幻想着那人还会向他伸出手来。

吐尼亚孜和那个人长达四十年的托包克游戏，在一年前的一个秋天终于到期了。那个人带着他们当时的证人，一个已经胡子花白的老汉来到他家里，那是他们少年时的同伴，为他们作证时还是嘴上没毛、十六七岁的小伙子。三个人回忆了一番当年的往事，证人说了几句公证话，这场游戏嘛就算吐尼亚孜输了。不过，玩嘛，不要当回事，想再玩还可以再定规矩重新开始。

吐尼亚孜也觉得无所谓了。玩嘛，什么东西玩几十年也要花些钱，没有白玩儿的事情。那人要回自己的羊髀矢，吐尼亚孜从腰带上解下来，那块羊髀矢已经被他玩磨得像玉石一样光泽。他都有点舍不得给他，但还是给了。那人请他们吃了一顿抓饭烤包子，算是对这场游戏圆满结束的庆祝。

为啥没说出这个人的名字，吐尼亚孜说，他考虑到这个人就在老城里，年轻时很穷，现在是个有头面的人物，光羊就有几百只，雇人在塔里木河边的草湖放牧。而且，他还在玩着托包克游戏，同时跟好几

个人玩。在他童年结束，刚进入青年的那会儿，他将五六块刻有自己名字的羊髀矢，给了城里的五六个人，他同时还接收了别人的两块羊髀矢。游戏的时间有长有短，最长的定了六十年，到现在才玩到一半。对于那个人，吐尼亚孜说，每块羊髀矢都是他放出去的一群羊，它们迟早会全归到自己的羊圈里。

在这座老城，某个人和某个人，还在玩着这种漫长古老的游戏，别的人并不知道。他们衣裤的小口袋里，藏着一块有年有月的羊髀矢。在他们年轻不太懂事的年龄，凭着一时半会儿的冲动，随便捡一块羊髀矢，刻上名字，就交给了别人。或者不当回事地接收了别人的一块髀矢，一场游戏便开始了，谁都不知道游戏会玩到什么程度。青年结束了，游戏还在继续。中年结束了，游戏还在继续。

生活把一同长大的人们分开，各奔东西，做着完全不同的事。一些早年的伙伴，早忘了名字相貌。青年过去，中年过去，生活被一段一段地埋在遗忘里。直到有一天，一个人从远处回来，找到你，要一块刻有他名字的羊髀矢，你怎么也想不起来，他提到的证人几年前便已去世。他说的几十年前那个秋天，你们在大桑树下的约定仿佛是一个跟自己毫无关系的故事。你在记忆中找不到那个秋天，找不到那棵大桑树，也找不到眼前这个人的影子，你对他提出的给一只羊的事更是坚决不答应。那个人只好起身走了。离开前给你留了一句话：哎，朋友，你是个赖皮，亲口说过的事情都不承认。

你的自尊心受到了伤害。白天心神不宁，晚上睡不着觉，整夜整夜地回忆往事。过去的岁月多么辽阔啊，你差不多把一生都过掉了，它们埋在黑暗中，你很少走回来看看。你带走太阳，让自己的过去陷入黑暗，好在回忆能将这一切照亮。你一步步返回的时候，那里的生活一片片地复活了。终于，有一个时刻，你看见那棵大桑树，看见你们三个人，十几岁的样子，看见一块羊髀矢，被你接在手里。一切都清清楚楚了。你为自己的遗忘羞愧、无脸见人。

第二天，你早早地起来，牵一只羊，给那个人送过去。可是，那人已经走了。他生活在他乡远地，他对库车的全部怀念和记忆，或许都系在一块童年的羊髀矢上，你把他一生的念想全丢掉了。

还有什么被遗忘在成长中了，在我们不断扔掉的那些东西上，带着谁的念想，和比一只羊更贵重的誓言承诺。生活太漫长，托包克游戏在考验着人们日渐衰退的记忆。现在，这种游戏本身也快被人遗忘了。

阿格村夜晚

阿格村的空气布满浓浓的木头味道，仿佛那些白杨树晒了整天的太阳后打出一连串饱嗝。我们进村时天已经黑了一阵，村子里没电。在汽车的灯光里看见路边摆着剥了皮的白杨木，一摞一摞的，紧靠着林带。不时看见几个维吾尔族男孩坐在木头上，车灯扫过后他们回到夜色中。看见一个穿红衣裙的女孩，跑过马路捡一样东西，又借着车灯跑回来。细细的腰身，半高个子，扭头朝汽车望一眼，脸圆圆的，眼睛黑黑，似乎这个晚上一过，她就会长大。我们再不会见到她。一朵暗处的花朵，她的美丽向更暗处开放，直至凋谢。还有那些在木头上玩耍的孩子，说着我们不明白的话语，暗暗地成长。我们不了解他们今天的晚上，就不会知道他们的明天。村子里没一点儿光明，夜浓得跟酽茶一样。头顶远远的星光照着他们，在白杨树哗哗的响声里，模糊、暗淡，看不清彼此，相互隐匿又心明无误。前半夜里说着后半生的事情，后半夜全是自己记不清的梦。我们只是偶然路经，在车灯的一晃中看见那些维吾尔族的童年身影，不知道他们什么时候聚在那里，又会在什么时候，悄然地散去。

再次看见他们是在另一天下午。他们或躺或坐在路边的白杨树下，满脸胡须，手里拿着镰刀。我们站在另一排白杨树下，隔着白热的阳光，听不清他们在说些什么。麦子长在身后的田野里，眼看要黄熟了，又好像还得些日子。他们手握镰刀，一天天地坐在那里等。对面是乡政府办公室。他们说着话，眼睛斜视着乡政府大门。我们进去办事，喝几杯茶出来他们还在那里。书记的小车出去上一趟县城又回来他们还在那里。这一任乡长下台后一任上台他们还坐在那里。我们不知道他们在等待什么。一人一亩地的麦子，对这些维吾尔族壮汉来说显然不是件大事。毛驴的草和孩子的衣食也似乎不是什么太大的事，尽管地里的收成刚刚够吃饱肚子。除了老婆孩子和一头听话的毛驴，其余全部家产就只是房前屋后的白杨树了。那是另一层天空，白天绿荫覆盖，夜晚撑高月色，让哗哗的树叶声，带着一两句突兀的驴鸣狗吠，荡远又回来。就是那样的夜晚使我们之间变得遥远、陌生。白天我们有时走过去，跟他们一一握手，生疏地问答几句，用我们或他们的语言。我们想接近时，就会感受到那些不可交换的言辞与言辞之间，手与手、眼睛与眼睛、呼呼与呼吸之间，横隔着无数个我们看不清的遥远夜晚。在那些长夜里，他们坐在白杨树下，村子里没有灯光，偶尔的驴叫声打破暗夜的宁静。在更暗的夜里他们聚在树梢上面的高远星空，东一片西一片，发着不属于这个世界的微弱光明。我们再不会走过去，伸出手。那是一种永远的远，对于我们。

热斯坦巷早晨

不是我——是他们，在热斯坦巷的早晨醒来。穿过麻扎的阳光斜照进巷子，照在那些踮起脚尖便能望见的低矮房顶。拉客的毛驴车摇着响铃走过。最早迎着暗红曙色开门的阿依大妈，看见巷子里多少年不变的土路上，站着一个陌生汉人。她扶着门框，探头朝外看一眼，又缩回身去把门关住。

一连两个早晨，天刚亮我便起身，跑到热斯坦街的那条小巷子里。我不知道我想看见什么，只是有一种隐隐的冲动，想赶在他们醒来之前，一个人静悄悄地走过那条巷子，一直走到麻扎那头，再回过身。

热斯坦巷的早晨就这样开始。洒过水的地上尘土不起，男人做完一天的早礼拜，神情释然，着手忙尘间俗事：给毛驴添草、清扫驴圈、烧炉打铁、烤馕、戴帽子上街。

我没有可信仰的东西。已经好些年，我不知道一天从什么时候开始，又在什么时候结束。我有时睡到上午十点，有时躺到十二点起床。没有谁喊我醒来，醒来了也不知要做什么。这样的生活，我说不出它的不好。已经好些年，我仰起头，看见的仅仅是烈日、尘土和无精打采的闲云。偶然有一只鸟飞过，就让我十分高兴了。

热斯坦巷的男人们，高捧双手，仰目西天时看见的肯定比我更多。他们不告诉我。

告诉我了，我真会相信吗？

我只是一个过客，偶尔短暂地看见热斯坦巷的早晨，看见他们的一天，竟然这样开始。只是看看，并不能改变我的生活。我依旧会在自己的早晨沉睡不起，睡过上午、中午。在我没彻底睡醒之前，我并不希望被谁唤醒，不论它是鸡鸣狗吠，还是上天的声音。

在另一个夜晚，我和小兰走进热斯坦巷的昏黄月光。我让出租车停在路边，车灯熄了，我独自走到那片大麻扎旁，静静伫立。已经过了凌晨一点，一天最后的晚礼拜也做过了。热斯坦巷沉睡在月色里，高低起伏的麻扎和旁边的低矮房屋连在一起。

我又来晚一步，没有看见这一巷子人怎样睡去。我没听见清真寺做晚礼拜的喊唤。那个时刻，他们被什么声音召唤，全部的，跪入黑暗，身影一起一伏，口中的默念声振荡着空气。月亮东升，照着那些永远看不清的黑色背影。然后，整条巷子，几乎挨着地的窗户，窗户里的灯光一个个熄灭掉。我站在他们留给我的黑暗中，静静站立。月光厚厚地铺在地上，涂在残缺的拱北（墓）上，一片昏黄。好像起风了，插满在麻扎上的树枝轻轻摇晃，或许是我的身体在摇晃，觉得脚下空空的，像要飘走似的。

回到新城宾馆时，街上、大院里，依旧灯火通明。月亮高挂在天空，像跟我们没关系的一件东西，它的辉光，已经照不到这块地上。

那天晚上做了一夜的梦，看见从没见过的人们，一群一群，围坐在那里，说着我听不明白的话。他们从不抬头看我，我也看不见自己。不知道看见这些的那双眼睛，藏在哪个黑暗角落。头顶是一弯银白新月，我在那样洁净的月光中，仍旧找不到"看见"新月的那个我——他不在那里。

或许，这就是我的库车之行。我并不在那里。一切都像一场风，一场梦。它们并不能改变我的生活。

但是，在我依旧不会被谁唤醒的长梦中，我会反复经历我正短暂经过的一切。我会回到偶尔途经的那棵红桑树下，一年一年地，过我未曾过过的漫长日子。我会早早醒来，千百次地走进那座新月高悬的清真寺，跪在我不认识的人中间，一遍遍地默念我从未念想过的陌生真主。

我在那样的尘土中会有孩子，会有完整的属于身体和心灵的早晨夜晚，会有信仰和对神灵的虔诚敬畏。

如果我真的失去过什么，那就是我正看见却从未经历的一切。

一口枯井和两棵榆树

克孜尕哈千佛洞仅有的两棵榆树生虫子了，一种细长的毛毛虫，把一棵树的叶子吃光，往另一棵树上爬。守佛窟的阿木提急坏了，从家里抱来一只花母鸡，放在树杈上，想让鸡帮忙把虫子吃了。可是，鸡好像被满树的虫子和这个光秃秃的山谷吓坏了，窝在树杈上一动不动。阿木提把它的嘴按在虫子上它都不叨一下。哪来的虫子啊，这个寸草不生的干谷，怎么会有虫子，方圆几公里都是光秃秃的石头滩，虫子咋知道这个山沟里有两棵榆树呢。阿木提说，虫子可能是乘着拉水的车从村子里带来的，也可能是趴在人的脊背上来的，反正虫子突然就爬满树。他的儿子阿不都热和曼到县城买农药去了，再不把虫子杀死，两棵树就完蛋了。

这个干得土都冒烟的荒山沟里，到处是佛窟遗址，沟里两间小砖房，是看守人住的。分布在半山腰的佛窟都安了木门，每个门上吊两把锁，守佛窟的阿木提管一把，县文管所的人管一把。有来观看佛窟的游客，文管所的人从县上过来，和阿木提一起打开佛窟的门。平常时候沟里只有阿木提一个人。阿木提对这些佛窟和壁画一点都不稀奇，早年，佛窟没保护的时候，附近村里的人只是把它们当成有画的山洞，阿木提小时候经常到佛窟里玩，有的洞窟还被当成羊圈。

阿木提守护克孜尕哈千佛洞已经有17年了，他刚来时，这两棵榆树还没有一人高，是一个叫托乎提牙加甫的守窟人栽的，这个人可能在山沟里待急了，想不出排遣寂寞的好办法，就从村子里打来两棵小树苗，像在村子里栽树一样，挖一个浇水渠沟，间隔两米，把树苗栽进去。可是，这可把麻烦栽下了，山沟里没有一滴水，人喝的水和浇树的水，都要到七八里外的村子去拉。那个托乎提牙加甫没看到树苗长高就离开佛窟，后来又从村子找了几个看守佛窟的人，都是没干几个月，耐不住寂寞，不干了。但这几个守佛窟的人都没让小榆树旱死，有人喝的水，就有树喝的水。到阿木提看守佛窟时，两棵榆树已经扎稳了根，但还是小小的。让阿木提想不到的是，他在佛窟的17年间，除了偶尔来游客了招呼一下，其余最主要的工作竟是照顾这两棵榆树。现在榆树已经有房子高了。阿木提说，我养个儿子，到了17岁也能自己生活了。可是这两棵树，越大越依赖人，这么多年，为了给树浇水，一家人的精力都耗进去了。早些年用毛驴车拉水，三四天拉一趟，那时树小，喝水也不多。后来家里有了小四轮拖拉机，树也长大了，一周拉一次，280公斤的大桶，装3桶水，勉强够人和树用一周。

我们现在害怕这两棵树了，阿木提说，它要再长大，我们就养活不起了。早年，树小小的时候，我们盼着它快长，长大了好乘凉。山沟里的土贫瘠，我从家里拉来羊粪，给树施肥。可是，树一年年长大，用的水也一年年增多，我们不敢让它长了。有好几年，再没给它施肥。只是每周按时浇一次水，保证不让它旱死，我们养活了它十几年，就跟我们的家人一样了。

为了给树浇水，他们还挖了一口井。那是在1993年11月，父子俩准备好绳索工具，开始在僵硬的干土中挖井，挖到第二年3月，挖了27米深，挖出来的依旧是干土，没有一点有水的意思。父子俩不死心，还要往下挖，这时候，新来的一个汉族主任阻止了他们，说再挖下去太危险，万一塌方出了人命，谁承担。阿木提说，以前管佛窟的阿不拉主任很支持他们。要是阿不拉主任还在，不下台，他们计划挖到80米深，提土的绳子都是按这个深度买的。挖到80米再不出水，他们就彻底死心了。

现在，这口没挖出水的枯井，也成了克孜尕哈千佛洞的文物，来看佛窟的人，都要到井口探望一番。为防有人掉下去，井口钉了木板，封了。我和阿木提就蹲在井口的木板上，说着井和那两棵树的事。阿木提捡一个小石头，从木板缝扔下去，好久，石子落到井底的声音才传上来。阿木提不懂汉语，他看我拿着本子和笔，就知道我要问树和井的事。以前来的记者已经问过无数次，也在媒体上报道过。阿木提一口气说了很多话，古丽花好长时间才给我翻译完。我又问了两句有关佛窟的事，阿木提望了望我，可能他觉得，佛窟的事，应该文管所的人说。他只知道树和井的事。我说，你知道这些洞是谁挖的。以前的人。阿木提说。以前你们的祖先也信过佛，你知道吗？那是蒙古人逼着我们信的。阿木提说。

看来佛窟的事阿木提确实说不清楚。他只知道看护好佛窟。早先文管所每月给他发 432 块钱，现在涨到 600 块。至于这两棵树的费用，全由阿木提一家无偿承担，树不是文物，也不会有护养费。它的成长与死活只有阿木提一家人操心了，树不可能在几十米厚的干土层中，找到水分。它们长得越大，耗水越多。这是永远要靠人养活的两棵树，阿木提一家每年从两棵树上的收获仅仅是，秋天树叶黄落了，阿木提把叶子扫起来，装大半袋子，扔到拉水的拖拉机上，捎回家喂羊。有时风把落叶刮到荒山坡，树下剩稀稀拉拉的几片，阿木提也就不扫了。阿木提一家也不富裕，能把这两棵树养到啥时候，也不知道，也许过几年我再来，树死了。也许没死，还长高了一截子。反正，我看这两棵树，迟早要县财政拨一点款，和佛窟一起把它们养起来。佛和这两棵植于干土中的树一样，都需要人养。佛在库车被供养了一千多年，人们不再供养它的时候，佛死了，剩下山体上千疮百孔的佛窟。树也一样，你把它植在不适合生长的干土中，你就得去养。养到养烦、养不起、没人养了，也就死掉了。

但愿克孜尕哈千佛洞的两棵榆树不会死掉。

两个古币商

在沙依巴克街一条小巷子里，年轻阿訇肉孜，做着一般人看不懂的古币生意，从一扇不起眼的小木门进去，里面一间套一间迷宫般的小房子。在肉孜家里可以看到库车两千多年来各时期的钱币，自汉代以来中原各朝代的铜币，以及从古丝绸之路上过往商人留下的许多国家和王朝的金币银币。肉孜不做收藏，只是倒卖。暂时卖不掉的留在家里，日积月累，他留下的古币已经成箱成柜，其数量种类早已超过专门的收藏者。

肉孜阿訇很少离开库车，不大知道一枚龟兹铜钱在广州、北京的钱市上是什么价。他只是廉价收来，能赚一个自己满意的数目，就出手了。他主要的买主是新城里的小兰姑娘。小兰做了十几年古币生意，知道外面行情。她也很少打问肉孜多少钱从别人手里收来这些东西。常常是肉孜说一个价，小兰觉得有赚头便成交了。

肉孜早先做旧地毯生意，是小兰把他引入经营古币这一行当的，时间大概是九十年代初。那时肉孜在乡下收购旧地毯，顺便捡了半袋子铜钱，回来后也没当回事，见锈迹斑斑的，便倒在石灰盆中浸泡。这事不知怎么让小兰打问到了，以五毛钱一枚的价格全部买了去。

聪明的肉孜阿訇不久后便打问清楚了，小兰从他手中买走的铜钱，是新疆制的“建中大历”，当时全国仅发现两枚，每枚市价五千到一万元。小兰一下购得三百枚，成了钱币界一件大事。这批古钱富了小兰也使肉孜阿訇从此改行，专营起钱币生意。他的生活，也从那时起一年年好转起来，一开始骑毛驴、坐驴车下去找钱，后来改骑摩托车。房子也由早先的一间扩到现在的许多间。他和小兰，成了库车钱币行的一对好搭档。

肉孜汉语说得不好，只会简单几句，无法到外地做钱币生意。小兰也只懂简单的几句维语，很少亲自到下面的村子里收购钱币。他们自然而然地做起联手生意：一个跑乡下，一个守城里。库车远远近近的村子，以及和田、阿克苏、喀什的大小村镇，都经常能看见肉孜和他那辆红色摩托车的影子。那些大户人家的宅院、没落贵族后裔的破房子里、废品收购站，以及铜匠铺中，都有可能出现好东西。肉孜见什么收什么，只要他认为的好东西：古钱、旧铜器、金银元宝、首饰、羊皮书……统统弄回家。小兰则坐守城中，从肉孜弄回的大堆破烂中找寻自己需要的东西。有些古币肉孜不认识，很便宜就让小兰买走了。好在肉孜聪明好学，吃一次亏就长一次见识。他除了向同行请教，还专门学习汉字，翻阅钱币书籍，渐渐地也懂得

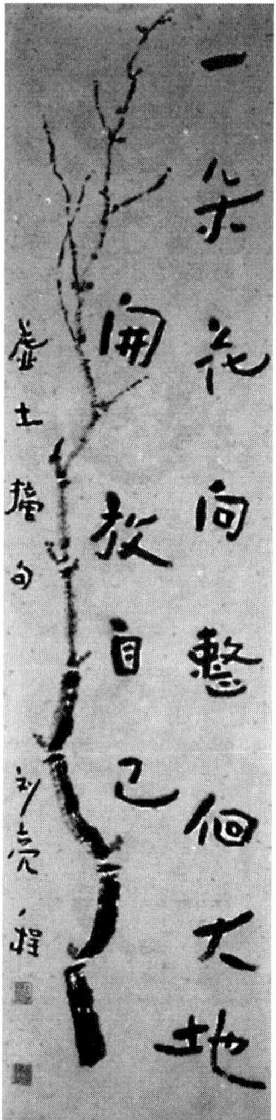
一朵花向整個大地
開放自己
刘亮程

了一些钱币的知识和价值。他和小兰的关系，也逐渐变成两个钱币内行的交易。

两个古币商，多少年来就这样倒腾着这片古老土地上的钱币，从汉、魏晋时期的和田马钱，龟兹“汉龟二体钱”（钱币中铸有汉文、龟兹文两种文字），察合台汗国钱，十七世纪后期的准噶尔“普尔钱”，以及贵霜、波斯、拜占庭等古老王朝的钱币，都在他们手中汇聚，然后“流通”到各地。

一枚库车出土的古钱，一般经过这样几个环节到达广州、北京的钱市。先是一个农民翻地挖柴（或偷偷到古城遗址挖掘）时，一坎土曼刨出来，有时一枚，有时数枚或一堆。接着是听到消息的肉孜阿訇，连夜骑摩托车下去，找到挖坎土曼的人。往往去晚了钱币已经到另一个钱贩子手里，也可能一夜之间转了三次手，从一个村庄倒卖到另一个村庄，价钱也翻了几个跟头，肉孜只好多花钱买回来。不管多贵买来，肉孜都会再加上一个自己满意的数字，卖给别人，这部分是利润，他一般不让人。

然后是小兰。她一般每星期去一趟肉孜家，肉孜有了新货也会及时打电话给她。小兰看过钱币的种类、品相后，马上打电话给在广州做事的丈夫，丈夫报给她那边的价位。小兰一般不跟肉孜讨价，他们合作了十几年，早熟悉对方的脾气，她觉得价格合适就立马成交。顶多五天后，这些古币便通过邮政快件，到达广州钱市。

这个过程中赚得最少的是那个挖坎土曼的人，虽然他只投入了一点儿力气，还是意外之财，但这一坎土曼刨出来的，或许是他一生唯一的一次好运气。若卖到几千块钱，就足以改变他一家人的生活。可是，他仅卖了几十块钱，够买一只羊腿，只改善了一家人一天的生活。不过这已经让他非常满意了。

赚得最多的，要算最终拥有这些钱币的那个人。一枚钱经过无数人的手，价格肯定高得不能再高。他买回来，再往上标一个更高的价，摆在自己的珍藏柜里。他加的这部分或许已经超过所有经手者赚的钱数总和。这样的钱，不是孤品也是世存无几，定多高的价都由拥有者说了算。最好的绝品最后都是有价无市，不管有没有人要，能否卖出去，拥有者都会把他增加的那部分算进自己的利润财产中。这是真正的懂钱人，要的只是一个有无限扩张可能的钱数，而不是可以拿在手中的一沓纸币。到了这时，一枚古钱又跟它未出土时一样——深埋在一个人手里。

许多年前——二十世纪的七八十年代，新疆红钱在东南亚卖到天价时，在南疆库车这样的老城镇上，它仅作为破铜烂铁被废品站收购，大部分被维吾尔敲工当原料，烧熔敲打成铜勺、铜盆、铜壶。那些如今早已少见的和田马钱、骆驼钱，唐代库车制币局打造的元字钱，清代的突其施钱……成批成批倒进炉中熔了，当人们知道它的价值时，已经很难找到。十几年前还在孩子手中当玩具乱扔的古铜币，像一个季节的杏子一样，落得干干净净，说没有就没有了。

一段时间，挖寻古币似乎成了库车农民的一项收入。那些郊外种地的农民，翻地挖渠时都比以往更加仔细，眼睛盯着翻过去的每一锨土。秋天收土豆和胡萝卜时，也比以前挖得更深，在没有果实的毛根下面，有时真的躺着一枚锈迹斑斑的古币，成了地里意外的收获，它的价钱，少则几元，多则几十几百元。当然，他们不会卖到这么高。他们从不会知道一枚古钱的真正价值，值几百几千元的一枚钱，在他们手里，卖几十、上百元就不错了，剩下的利润是倒卖者挣的。一块地若发现了古币，这块地就遭殃了，被人翻几遍，挖得大坑小坑，把深层的沙石都挖上来。有专门靠找古币谋生的人，腰系绳子，扛一把坎土曼，从一座古城走向另两座古城。这片大地上荒弃了多少座古城谁也说不清楚，有的留有残垣断壁，有的埋在黄沙白土中不为人知，一场一场的风掀动沙土，埋掉一些东西又显露一些东西。找钱币的人，等到大风过后踏上荒野，风吹开一枚古钱上的累累沙土，露出不认识的半圈文字，吹露一只土陶的鲜丽彩图。有时风在茫茫沙海中刮出一座古城的清晰轮廓，人们寻找多年，从史书中走失的一座城池，奇迹般地出现了，成堆成堆的财宝埋在沙子里，这只是一代又一代寻宝人的梦。每一个寻宝人都想通过散落的一枚钱，找到一个王国的金库。

听说会找钱币的人，夜晚躺在荒野上，耳朵贴地，能听见钱在地下走动、翻身的声音。在深厚的沙土里，它们一个碰响另一个，像两个寂寞的孩子相互逗趣儿。

懂钱的人，能够看出钱的寂寞。一块钱和一个亿，同样孤独。人在钱上的良苦用心，并不能消解钱本身的孤独。一枚贫穷时代的钱、一枚强盛王朝的钱、一枚短命朝代的钱……一个个时代的钱最后全扔到土里，用过它们的手早已成灰，梦想它们的人依旧年轻。

钱会一枚枚被找到，埋藏再深的钱也会被找到。这座老城将越来越穷，它积攒几千年的钱，正被人倒腾光。不知道这些古钱当时买走了库车的什么东西。如今，它们成为最后的商品被卖掉。倒卖它们的两个古币商，并没有真正富裕。肉孜阿訇不断地把古币换成人民币，又用它买更多的古币，他家一间套一间的迷宫房子成了真正的古物仓库。

而小兰姑娘，一开始只想靠倒卖古币挣点钱，做着做着却喜欢上那些古钱币，每次都把差的卖掉，品相好的留在手里，她开始做很系统的收藏。十几年来她的收入几乎全投到买古币上，有时为买一枚稀有古币还向别人借钱。她由一个古币商贩变成真正的收藏家，她收藏的新疆红钱，据说是全国最多最全的。许多新疆古钱的珍品、孤品，据说都在她的收藏柜里，那些东西，已经成为她生命的一部分，再贵都不会卖掉。

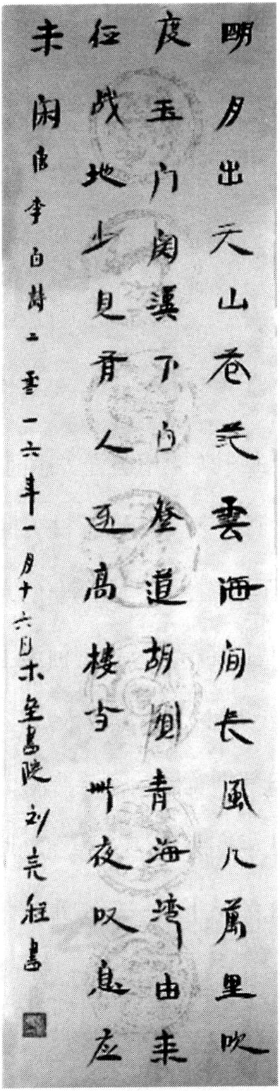
明月出天山苍茫雲海間長風几萬里吹
度玉門關漢下白登道胡窺青海灣由來

逛巴扎

库车的万人巴扎（集市）许多年前便在全疆闻名。每逢周五，千万辆毛驴车从远近村镇拥向老城。田地里没人了，村子里空掉了，全库车的人和物产集中到老城街道上。街上盛不下，拥到河滩上。库车河水早被挤到河床边一条小渠沟里，人成了汹涌澎湃的潮水，每个巴扎日都把宽阔的河滩挤满。

库车四万头毛驴，有三万头在老城巴扎上，一万头奔走在赶巴扎的路上。一辆驴车就是一个家、一个货摊子。男人坐在辕上赶车，女人、孩子、货物，全在车厢上。车挨车、车挤车，驴头碰驴头，买卖都在车上做。

库车县每星期有七个大巴扎。周五老城巴扎，周六东河塘巴扎，周日牙哈乡巴扎，周一玉奇乌斯坦巴扎，周二阿拉哈格巴扎，周三齐满乡巴扎，周四哈尼哈塘木巴扎，周五又转回老城。

库车的物产，大多半就装在那些毛驴车上，不停地在全县转。从一个乡到另一个乡，从一个巴扎到另一个巴扎，把驴蹄子都跑短了。

一筐半生西红柿，转遍七个巴扎回来，就彻底红透了。价格却由原先每斤一块掉到七毛。

半麻袋黄瓜，转上三个巴扎卖不完，剩下的只能喂驴了。

熟透的杏子，一两个巴扎卖不出去，就全烂在筐里。一大早摘的无花果，卖到中午便不能看了。越鲜美的东西就越难留住。

最经卖的是那些干货：葡萄干、杏干、无花果干，还有麦子、苞米、枣、巴坦木。能从一个巴扎到另一个巴扎，无限期地卖下去。今年的新杏干已经上货，去年前年的旧杏干，还剩在谁手里，摊开、收起，再摊开。

在老城的贫穷日子里，总有一些食物富余到来年卖不出去。想吃它的人没钱，把一口食欲压抑到明年。有钱的人早吃够了。去年冬天，谁的嘴没嚼上一口酸甜杏干，今年夏天他是不是补上了。

那些各种各样的干果，在轮回的转卖中，在库车特有的烈日和尘土下，渐渐有了一种古旧的色泽，它更耐看了。只是，它的甜不知还在不在里面。一年年的尘土落在上面，却看不见。仿佛那些尘土被它吸收，成了它的一部分。在老城那些世代相传的买卖人手里，有没有半筐一千年前的杏干，一直卖到今天。

我有幸一次次地走进老城巴扎。我不买什么东西，也没啥要卖的。我和那些喜欢逛巴扎的维吾尔人一样，只是逛一种闲情。看哪儿人多，热闹，就凑过去。

并不是每个人上巴扎都做生意。

每个巴扎都是一个盛大节日。

女人在巴扎上主要为了展示自己的服饰和美丽，买东西只是个小小的借口。女人买东西，一个摊位一个摊位地挑，从街这头到那头，穿过整个巴扎，再转回来，手里才拿着一点点东西。

年轻小伙上巴扎主要看漂亮女人。

没事干的男人，希望在巴扎上碰到一个熟人，握握手，停下来聊半天。再往前走，又遇到一个熟人，再聊半天，一天就过去了。聊高兴时说不定被拉到酒馆里，吃喝一顿。

我到巴扎上什么都看，什么声音都听，遇到新鲜事情就蹲下来仔细打问。我觉得，我比那些在巴扎上收税的戴大盖帽的税务员，更了解这些做小买卖的。一次，我看见几个税务员，从一位卖奥斯曼草的妇女手里，强收了三块钱的工商税。最后，那个妇女收拾起卖剩的几小束奥斯曼草，哭着回家去了。

我不知道那个妇女的家庭情况，不知道那三块钱对她意味着什么。但我清楚，那些卖奥斯曼草的妇女，一天都挣不了三块钱。

当然，巴扎上更多的是热闹，是有意思的事情，我随便写了几件，有兴趣你就看看。就像公驴上巴扎主要不为拉车而是为了看年轻母驴，谁在巴扎上都有自己的兴趣，别人并不十分清楚。

最小的生意

早晨，我走过沙依巴克街时，看见一位维吾尔妇女，面前摆着几小把奥斯曼在卖，几个年轻女人围着挑选，已经卖出去一把，收回来五毛钱。我数了数，她总共有七小把奥斯曼，全卖完能收入三块五毛钱，其中的本钱是多少我就不知道了，或许是她自己种的，或许是两三毛钱一把从别处批发的，守一天卖掉，挣一块多钱。

这还不是最小的生意。离她不远，另一位蒙面妇女，面前摆着拇指粗细的七八把香菜，一把卖两毛钱，菜叶上洒了水，绿莹莹的。看装束是城里妇女，或许从赶集的农民那里，四毛钱买来一把香菜，再分成更小的七八把，摆在街上卖。

下午我转过来时，见她面前还摆着两小把香菜，叶子已经蔫了，看样子卖不掉了。街上人已经不多，她挪动着身子，像有收拾回家的意思，又抱着一点点希望，等着朝这边走来的几个人。

我大概算了算，她这笔买卖，除掉本钱，最多挣八毛钱，还赚了两小把香菜，够晚上做羊肉揪片子用了。

还有一个卖针线的小女孩，几十根不同大小的针，插在一顶小花帽上，每根针上穿一截不同颜色的线。一根针卖几分钱，一根一根地卖。

我离开巴扎时，看见那个抱了一只歪葫芦，卖一天没卖掉的老汉还坐在墙根。他看上去表情安静，目光平和地望着街上渐渐散去的人，又像望着更远处我不知道的什么地方。他的歪葫芦在夕阳下发着红色艾德莱丝绸的光泽。我知道这种老式葫芦，已经很少见了，知道它香甜味道的人也可能不多了。

明天后天，这只葫芦和这个老汉，还会出现在周边乡镇的巴扎上。下一个礼拜五，说不定他又转回来，坐在这个墙根，还抱着那只歪葫芦。

我没上前去问那只葫芦的价格。我知道不会太贵，三块两块，就买来了。

老式瓜菜

在沙依巴克街的瓜菜市场上，老式的西红柿、甜瓜、土毛桃，矮小的芹菜、萝卜，一筐一筐摆在那里。几十年前我们吃过的那些未经“改良”的瓜菜，几乎都能在这里找到。我看到一位农民，筐里放着几个又小又难看的甜瓜。我觉得眼熟，问名字，“克克奇”。我小时自家的菜园里就种过这种叫克克奇的小甜瓜，秧扯得不长，瓜也小小的，一棵秧上结三四个。奇甜，还有一种很浓郁的特殊香味。

那时候，在一些人家的小菜园里，总有几样别人家没有的稀罕瓜菜。都是些古老品种，靠主人一年年地传种下来。我们家的克克奇，就是母亲每年拣最甜最饱满的瓜留下种子，在窗台上晾干，来年再种，可是后来就再见不到了。我们都不知道是哪一年忘记种了。那种特殊的浓郁香甜味，从我们的生活中消失的时候，竟都没有被察觉。

库车这块土地上是否还遗留着一座人类古老的菜园子，我们喜爱的那些在别处早已绝迹的老式瓜果蔬菜全长在那里。

但我知道，那些珍贵的种子，只保存在个别一些农人手里。他们喜爱那些土瓜果，每年在自家菜园种几棵，产量不高，果实也不大，卖不了几个钱。只是自己喜欢那种味道，就一年年地种了下来。如果有一年他们忘记种了，或者，他们仅有的几颗种子叫老鼠偷吃了，一种作物便会从这片土地上消失。

我们培育改良的又大又好看的瓜果长满大地。它们高产，生长期短，适合卖钱，却不适合人吃，它把人最喜爱的那些味道弄丢掉了。“改良”的结果是，人最终会厌恶土地，它再也长不出人爱吃的东西。

事实就是这样，我们改良成功一种物种，老品种便消失了。没有谁负责为那些老品种留下样种，到最后，我们都不知道人类最初吃的是什么样的东西。

如果改良错了，路走绝了，我们从哪里重新开始。

当年政府用高大的关中驴改良库车小毛驴时，就是因为有许多驴户抵制，许多母驴自发反抗，跑到庄稼地和草湖躲藏起来，才会有古老可爱的库车毛驴保留到今天。

但作物不会躲藏，它们只有消失，永远消失。

坎土曼的卖法

那些摆在街边待卖的坎土曼，就像维吾尔人的脸，刃部跟他们的下巴一样尖长。每一支一个样子，整整齐齐摆着。这支被买走了，那支依旧静静待着。它们似乎早就知道自己最终在哪块地里挖卷刃子，所以一点不着急。

卖坎土曼的老人也早知道了自己的命运，他更不着急。坐在摆放整齐的坎土曼后面，双眼微眯。他不吆喝，也不还价。大坎土曼十八块小的十五块，就这个价钱这个货，没啥好商量的。卖掉一支算一支，卖不掉的，傍晚收回家去，第二天又摆在这块地方。他从不挪窝，错过的人有的是时间再回头。钱不够的人，也有足够的时间去把钱凑够。他唯一要做的一件事就是等。等到坎土曼生锈，落满沙土。等到那些挑剔的人，转遍全库车的铁器摊铺再回来。等到库车河边的引水大渠，被泥沙淤死。又要新开一条百里长渠了，全县一半劳力投入挖渠，坎土曼又一次派上大用处，供不应求。

他的坎土曼按大、中、小三排，在地上摆成整齐的梯形，卖掉一支，他会从铁匠铺进一支补上，卖得再多梯形也不会残缺。这是他的牌子，几十年不变。那些低头转街的人，只要路过这儿，看见坎土曼摆成的梯形，就知道是他的摊子，价格、货都不用问，想买的挑选一支，钱一付就走，不会有任何变动。

那些卖坎土曼的，没有招牌，没有铺子，就街边一小块空地，东西就地一摆，但每个人都摆卖出一种样子，绝不会有重复。

你看那个大热天戴皮帽子的老汉，他的坎土曼沿街边摆成一长溜子，从小往大排过去，他蹲在尽头，像一支最大号的坎土曼。买货的人从那头挑选过来，好一阵才能走到这头。

那个光头巴郎（男孩）的坎土曼，一支一支插在地上，好像每一支都正在挖土，远远看去有上百支坎土曼在挖那块地。

而另一位白胡子老汉的坎土曼，也是立在地上卖，却全部刃口向上，仿佛干完了活，全都白刃朝天晒太阳呢。

还有的坎土曼挂在墙上卖，像一张张维吾尔人的铁青脸谱。

只要这条街道不变，卖坎土曼人的摊位就不变，每个摊子上坎土曼的摆法更不会变。一个一个巴扎，一年又一年地摆卖下去，就成了这条老街上的名牌摊铺，全库车人都会知道。远在塔里木河边草湖乡的农民，活儿干累了靠在埂子上，边抽莫合烟边摆弄自己的坎土曼：我这把嘛，是在老城“一长溜子”上买的，快得很，一点点泥巴都不沾。我的坎土曼嘛，另一个说，是在“梯形”那里买的，刚硬得很，挖柴火时当镢头一样用，从来不卷刃子。

能变成钱的东西

各种各样的吃食，冒着香味儿等候那些嘴和肚子。有钱人吃的抓饭、拌面、缸缸肉，没钱人吃的馕、羊杂碎。在以抓饭闻名的乌恰市场，我看见几个妇女卖煮熟的洋芋蛋，两毛钱一个，四毛钱、六毛钱就吃饱肚子——老城的穷人给乡下来的更穷的人们备下简单实在的廉价食物。

赶一天巴扎不能空着手空着肚子回去。

有数的两筐杏子，一麻袋青菜，价格卖好了能吃一盘素抓饭、两个烤包子，卖不好就只有啃自带的干馕子。收成是可以想到的，一年里只有几样东西变成钱：不多的几棵树上的杏子、一小畦没种好的辣子和西红柿。地里的麦子刚够自己吃，埂子上的几行苞谷，早掰掉煮青棒子吃了。屋后的白杨，长粗还得几年。几只土鸡的蛋，一个个收起来，够不够换茶叶和盐。儿子眼看就长大了，要盖房子娶媳妇。对于大多数人，永远不会有意外的收入。只有可以想到的一些损失：那些杏树中的一两棵，杏花被大风吹远，白长一年。不坐果的杏树，密密麻麻长满叶子，遮阳光、挡风雨，秋天落下来，喂羊喂驴。还有那几亩麦子，种不好了一半是草，种再好也不会有剩余的，总要损一些养活鸟和老鼠，这些都在意料之中。一年一年，几袋麦子一两只羊，陪伴一家人的日子。父亲老掉了，儿女莫名其妙长大，不会有更多的快乐幸福，但也不会再少。县上的统计报表中，有这些贫困村庄的人均收入，少得不能再少。有没有一份报表，统计这些人的笑声。他们一年能笑多少回，今年和去年的笑声，是否一样多，哪一年人们的笑声减少了。有没有人去问问那些忧郁沉默的人，你怎么不笑，怎么好长时间听不见你的笑声了。有没有人去问那些快乐欢笑的人，你高兴什么呢，有什么高兴事让你一年四季笑个不停。

眉毛的粮食

有一种叫奥斯曼的草，维吾尔人称它为“眉毛的粮食”，据说有生眉养眉的功效。在库车农村，几乎每家房前屋后都种一些，女人们用奥斯曼的叶汁涂抹眉毛，久而久之，眉毛便像吸足了养分的庄稼一样，变得乌黑发亮。

这种“眉毛的粮食”学名叫菘蓝，株秆粉红，叶子深绿，种在庭院里既可当花欣赏，又可随时随地采叶描眉。一位妇女，只需种三五株就够一年用了，用不完的拿到巴扎去卖。扎成小束，一束卖五毛钱。城里妇女们的眉毛比乡下妇女更饥渴，她们有的在花盆里种几株，解燃眉之急，更多的要到巴扎去买。老城巴扎的奥斯曼生意经久不衰，每年都有许多妇女做这种无风险的小生意，靠别人的眉毛挣钱过日子。

冬天眉毛“吃”什么呢？维吾尔妇女在春天花红叶绿之时，便采集大量的奥斯曼鲜叶，用挤压出的叶汁拌以适当羊油，制成不腐不烂的眉膏，以备冬天之用。另一种储存方式是像烟叶一样晒干存放，但涂眉效果不如前者。

在巴扎上，还能买到一种特殊的头油，是用沙枣树的树胶制成的。据说用这种头油抹出的头发又黑又亮，还有股沙枣花的浓香。

维吾尔女子最引人注目的美是那双眼睛，而使眼睛熠熠生辉的则是那两弯令人惊异的浓黑眉毛。眉是五官最上一官，美容先美眉，维吾尔妇女似乎天生就知道这个道理。在库车小巷，常看到三两个维吾尔女人迎面走来，还看不清五官容颜时，便已被她们的浓黑眉毛吸引。待走到跟前，眉毛下又黑又深又大的眼睛，笔挺的鼻子，棱角分明的嘴唇，那样的容貌，让人很难移开眼睛，移开了也还会再一次追望上去。

按维吾尔人的古老传说，女孩双眉间距离，决定了日后婚嫁的远近。两条眉毛隔得远的女孩子，一定会嫁到很远的地方。母亲总是希望女儿留在身旁，所以女儿一出生，母亲便用奥斯曼叶汁涂抹她的眉毛，稍大一些，女孩便学会自己用奥斯曼涂抹眉毛。日复一日，年复一年，长大的女儿两弯秀眉紧紧相连，嫁去的地方喊一声就能听见。

如今，这种眉毛的粮食已被制成眉笔、眉膏，价格很贵。库车老城的女人们，仍旧喜欢用新鲜奥斯曼的叶汁涂抹眉毛。那些自然的东西，机器一加工便变质了。

我另外的一生已经开始

我说不出有四个孩子那户人家的穷。他们垒在库车河边的矮小房子，萎缩地挤在同样低矮的一片民舍中间。家里除了土炕上半片烂毡，和炉子上一只黑黑的铁皮茶壶，再什么都没有。没有地，没有果园，没有生意。四个未成年的孩子，大的十二三岁，小的几岁，都待在家里。母亲病恹恹的样子，父亲偶尔出去打一阵零工。我不知道他们怎么生活。快中午了，那座冷冷的炉子上会做出怎样一顿饭食，他们的粮食在哪里。

我同样说不出坐在街边那个老人的孤独，他叫阿不利孜，是亚哈乡农民。他说自己是挖坎土曼的人，挖了一辈子，现在没劲了。村里把他当五保户，每月给一点口粮，也够吃了，但他不愿待在家等死，每个巴扎日他都上老城来。他在老城里有几个“关系户”，隔些日子他便去那些人家走一趟，他们好赖都会给他一些东西：一块馕、几毛钱、一件旧衣服。更多时候他坐在街边，一坐大半天，看街上赶巴扎的人，听他们吆喝、讨价还价。看着看着他瞌睡了，头一歪睡着。他对我说，小伙子，你知道不知道，死亡就是这个样子，他们都在动，你不动了。你还能看见他们在动，一直地走动，却没有一个人走过来，喊醒你。

这个老人把死亡都说出来了，我还能说些什么。

我只有不停地走动。在我没去过的每条街每个巷子里走动。我不认识一个人，又好似全都认识。那些叫阿不都拉、买买提、古丽的人，我不会在另外的地方遇见。他们属于这座老城的陈旧街巷。他们低矮得都快碰头的房子、没打直的土墙、在尘土中慢慢长大却永远高不过尘土的孩子。我目光平静地看着这些时，的确心疼着在这种不变的生活中耗掉一生的人们。我知道我比他们生活得要好一些，我的家景看上去比他们富裕。我的孩子穿着漂亮干净的衣服在学校学习，我的妻子有一份收入不菲的体面工作，她不用为家人的吃穿发愁。

可是，当我坐在街边，啃着买来的一块馕、喝着矿泉水，眼望走动的人群时，我知道我和他们是一样的，尘土一样多地落在我身上。我什么都不想，有一点饥饿，半块馕就满足了。有些瞌睡，打个盹儿又醒了。这个时刻一直地延长下去，我也可以和他们一样，在老城的缓慢光阴中老去。我的孩子一样会光着脚，在厚厚的尘土中奔来跳去，她的欢笑一点儿不会比现在少。

我能让这个时刻一直地延长下去吗？

这一刻里我另外的一生仿佛已经开始。我清楚地看见另一种生活中的我自己：眼神忧郁，满脸胡须，背有点驼。名字叫亚生，或者买买提，是个木工，打馕师傅，或者是铁匠，会一门不好不坏的手艺。年轻时靠力气，老了靠技艺。我打的镰刀把多少个夏天的麦子割掉了，可我，每年挣的钱刚够吃饱肚子。

我没有钱让我的女儿上学，没有钱给她买漂亮合身的衣服。她的幸福在哪里我不知道，她长大，我长老。等她长大了还要在这条老街上寻食觅吃，等我长老了我依旧一无所有。

你看，我的腿都跑坏了还是找不到一个好的归宿，我的手指都变僵硬了还没挣下一点儿养老的粮食。

我会把手艺传给女儿，教她学打铁，像吐迪家的女铁匠一样，打各种精巧耐用的铁器，挂在墙上等人来买。我不知道她是否喜欢这种叮叮当当的生活，不喜欢又能去做什么。如果我什么手艺都没有，我就教她最简单简朴的生活，像巴扎上那些做小买卖的妇女，纱巾蒙面，买一把香菜，分成更小的七八把，一毛钱一把地卖，挣几毛钱算几毛。重要的是我想教会她快乐。我留下贫穷，让她继承；留下苦难，让她承担。我没留下快乐，她要学会自己寻找，在最简单的生活中找到快乐，把自己漫长的一生度过。

我不知道这种日子的尽头是什么。我的孩子，没人教她自己学会舞蹈，快乐的舞蹈、忧伤的舞蹈。在土街土巷里跳，在果园葡萄架下跳。没有红地毯也要跳，没有弹拨儿伴奏也要跳。学会唱歌，把快乐唱出来，把忧伤唱出来，唱出祖祖辈辈的梦想。如果我们的幸福不在今生，那它一定会在来世。我会教导我的孩子去信仰。我什么都没留下，如果再不留给她信仰，她靠什么去支撑漫长一生的向往。

如果我死了——不会有什么大事，只是一点小病，我没钱去医治，一直地拖着，小病成大病，早早地把一生结束了。那时我的女儿才有十几岁，像我在果园小巷遇到那个叫古丽莎的女孩一样，她十二岁没有了父亲，剩下母亲和一个妹妹。她从那时起辍学打工，学钉箱子。开始每月挣几十块钱，后来挣一百多块，现在她十七岁了，已经是一个技艺娴熟的制箱师傅，一家人靠她每月二百五十元到三百元的收入维持生活。

古丽莎长得清秀好看，一双水灵的大眼睛里，闪烁着她这个年龄女孩子少有的忧郁。那个下午，我坐在她身旁，看她熟练地把铜皮包在木箱上，又敲打出各种好看的图案。我听她说家里的事：母亲身体不好，一直待在家，妹妹也辍学了，给人家当保姆。我问一句，古丽莎说一句，我不问她便低着头默默干活，有时抬头看我一眼。我不敢看她的眼睛，那时刻，我就像她早已过世的父亲，羞愧地低着头，看着她一天到晚地干活，小小年纪就累弯了腰，细细的手指变得粗糙。我在心里深深地心疼着她，又面含微笑，像另外一个人。

如果我真的死了，我会坐在一颗闪亮的星宿上，远远地望着我生活过的地方，望着我在尘土中劳忙的亲人。那时，我应该什么都可以说出来，一切都能够说清楚。可是，那些来自天上的声音，又是多么地遥远模糊。

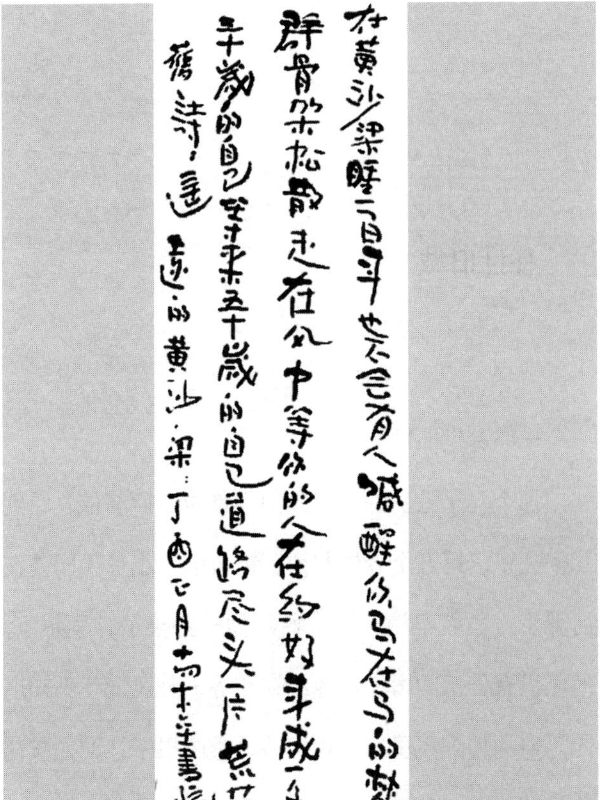
在黄沙梁睡一百年也不会有人喊醒你。马在马的梦中奔跑，牛
群骨架松散走在风中，等你的人在约好的年成一季一季等来
二十岁的自己等来五十岁的自己，道路尽头一片荒芜
旧诗，远远的黄沙梁。丁酉正月木垒书院刘亮程写

暮世旧城

一座暮世旧城。

那个九十七岁的老父亲阿不都拉·斯麻依，活到儿子死了，第五个老伴归西，祖传的一小片果园荒在河滩上，枝老根枯，树梢稀疏的一些果子，早熟了，他已没有伸手的力气。他或许在等一阵风，我不知道他等待的那阵风里，他和那些熟透的果子，谁先被摇落。我坐在这个老人身旁，原想听他讲讲身世，后来却突然地沉默了——他的一生全摆在这里。一个人的全部时光都到齐了，他不用再说什么，我什么都不用问，就像坐在晚年的自己身旁，心里清清楚楚的，对着一张多年后自己也会长成的沧桑老脸，无悲无喜。

那个八十九岁的老母亲吐拉汗，她在世上已没有一个亲人。丈夫早早地去世了，五个孩子都没成年便夭折，剩下她一个人。早年身体好的时候，帮人家打馕，洗衣服，挣点饭钱。她原是库车老城人，一九六三年被下放到乡下，回来便啥也没有了：户口、房子、工作。她只好在别人的屋檐下生活，这儿住半年，那儿待一个冬天。前几年民政部门给了她一间小房子，还给了一块毡子和一个铁炉，这几年就啥也没有了，她只有靠乞讨过日子。吐拉汗穿一身旧衣服，收拾得整齐干净，苍白平和的面容上依旧能看出年轻时的端庄美丽。当她说她在世上已没有一个亲人时，我突然感到人世的荒凉与陌生。

在老城热斯坦街的大麻扎（墓地）旁，我遇到五六个年近百岁的孤寡老人。每个星期四和星期五，他们早早地坐在路边，等候上麻扎的人们。这是伊斯兰教民拜念亡人的日子，一大早，太阳还没出来，便会听见毛驴车的声音，前往拜祭的人们源源不断地走向麻扎。有的是一个人，有的是一家人。毛驴车停在路边，热斯坦街的路边放着许多木头，供坐人和拴毛驴车。上麻扎的人拿着铁锨和食物，给亲人的麻扎上松松土，撒一些食物喂鸟。每个星期四五，远远近近的鸟集合到麻扎地。麻扎旁有几棵筑满鸟窠的高大榆树，麻扎地没树的地方插着高高的树干树枝供鸟落脚。鸟是往来于天地间的信使，把生者的祈祷带上天国，又把逝者的祝福捎回大地。

守候在麻扎旁的这些乞丐、穷人，他们守着生死之间那条黄土路，眼睛盯着通向老城的巷子，在对死者的祈祷中等候前来的生者。死者的遗产中有一半是留给穷人的，麻扎是这些穷人的庄稼地。只要有人上麻扎，他们总会有所收获：一碗抓饭、几个包子、半块馕，幸运时还会得到一些零钱。

不断有人埋进麻扎，城南的大麻扎已经拥挤不堪，墓挨着墓，几乎看不见一小块空地，却还是有死者不断地挤进去。

在热斯坦巷的大麻扎旁，我遇到一位中年妇女和那几个老乞丐坐在一起，她不是来乞讨的，她在守丈夫的墓。她和丈夫住在邻近的新河县，一个月前，丈夫得病去世，在新河找不到合适的墓地。正好她的母亲住在库车老城，便把丈夫埋进这片麻扎里。可是，老城人不愿意，非要让她把死者迁出去。都入土一个多月了，他们还让她迁出去。她不放心，每个星期四、五到麻扎旁看守，有时，她也能和那几个老人一样得到一点儿施舍。

我也和他们一样得到过一次施舍。

有几个礼拜五，我跑到麻扎旁，跟那几个年老的乞丐坐在一起。他们都认识我了，挪挪身腾出点儿地方，让我坐在木头上。我的朋友塔尤木给我做翻译，我跟他们谈家长，问身世。有时啥也不说，一人递一支烟，边抽边看路上行人，看上麻扎的人在那里用锨松土，撒麦子喂鸟。鸟一群一群，在麻扎上起起落落。除了鸟叫，整个麻扎一片肃静。跪着叩拜祈祷的人肃寂无声，拴在路旁的毛驴一声不响。那些乞丐更是默不作声，每人面前铺一块手帕，用土块压住四个角，等候过往的好心人往上面放钱和食物。

有一次，一位看上去很富贵的中年妇女，上完麻扎挨个儿地给那些老人施舍，一人五角钱，到我面前时，也递给我一张，我赶紧双手接住，心里涌动着说不出的感激。

守在麻扎旁那些年逾百岁的老人知道，库车城又该亡哪一茬人了。麦子割掉了，又该掰苞谷。一茬人与一茬人之间，似乎有一段空闲日子。趁着苞谷还青，死神在收割过的广袤田野拾捡麦穗，总有拾不干净的，总有漏割的，一撮两撮，隐没在田地尽头，地老天荒地一直活到儿子死了，孙子辈开始下世，活到世上再没有一个亲人。

一茬人死到高潮时，会接二连三地有人离去，阿訇们忙不过来。清真寺一天五次的礼拜声叫唤着人的魂灵。不时有戴白帽、缠白腰布（类似汉族人披麻戴孝）的人走在巷子。清真寺前的塔吾提（灵架）摆成一排，上盖白布，等待阿訇念经致悼词。

听说同一天去清真寺举行葬礼的死者越多便越吉利。我不太明白，只是站在清真寺对面的库车河桥头，静静观望。维吾尔族人的婚礼汉族人可以参加，他们的葬礼，非同教人绝对不可介入。你可以分享他们的幸福快乐，而他们的死亡，有着与我们截然不同的秘密去向。

我的翻译库尔班说，阿訇正念的这位死者，刚四十岁，阿訇在介绍他的生平功绩，并乞求真主保佑，祝愿死者安息。葬礼结束后，死者将被亲人抬到热斯坦街大麻扎入葬。墓坑早挖好了，缠裹白布的遗体放入洞穴，头西脚东，面朝“克尔白天房”。然后用土块堵死洞穴口，再埋土填坑，一个人在俗世的行程就算到头了，奔赴真主的道路才刚刚开始。接下来就是那些乞丐盼望的好日子——人死后的第三天、第七天、第四十天和周年举行的乃孜尔，一个灵魂升天了，留在地上的人们做些悼念的事。

库车城开始死四十岁的人了。我心里一惊，我也四十岁了。我生活的那座城市，人们活得忘掉了死亡。没有隆重的葬礼，看不见坟墓。谁家死了人，来一些亲戚朋友，静悄悄地拉到火葬场烧了。不管三天、七天、四十天，都无坟可上。死亡的迹象消失了，生与死成了相距遥远的两个世界。

库车老城的生死是连为一体的。清真寺里时常有死者的葬礼，每一位死者都会被抬到清真寺，由阿訇做最后的祷告。我们中间的一个人又去了。死的人越多，在真主那里，我们的人就越多。他们也像我们悼念他们一样，念记着还在世间的我们。

住在热斯坦大麻扎旁的人们，夜里听见死者侧身的声音，听见骨节脱落的声音，听见墓穴的土塌落，已经无惊无奇。只要一睡下，便能感到与世世代代的先人们躺在一起，什么叫活，什么叫死呀。

跟那些老人坐在一起，我仿佛有了跟他们一样的心境与身世。仿佛我坐在自己的老年岁月里，突然地，知道人生是这样一种结局。自己的这一天在我还没走到暮年时，已经开始。

我看见从热斯坦铺满尘土的巷子走来的抱着婴儿的妇女神情忧郁，走在她身旁的女孩也一样忧郁的眼神，仿佛快乐在千百年前就已消尽，仿佛欢笑是前世花朵。她们刚从巴扎上回来，走过我身边时目不斜视，沉默无语，抱在妇女怀中的婴儿像一个小小玩具。她们穿过几摞木头堆集的巷子，穿过麻扎旁一棵古榆的浓黑树荫，走过我买过一包雪莲烟的小商店，再经过麻扎中间那条土路，然后走出老城。麻扎尽头是一个低矮的只看见白杨树梢的村子，她的家或许就在那个村庄里。她的孩子在这样来回的穿行中长大，她渐渐老去，活到她的儿子老去，走在她身边的女孩离开人世，活到她在世上没有一个亲人。到那时她的钱和精力早已耗尽，她会坐到麻扎旁那些孤独的老人中间。

也许不会。她的孩子在树丛和麻扎旁玩耍着长大，学一门打铁或铜匠手艺，叮叮当当敲打一辈子。或者赶一辆驴车，在这些尘土小巷子里，来来去去地走完一生。那将很漫长。一个人的快乐幸福和贫穷痛苦，会在那样漫长的时光里，一点点地到来，到齐。

我一直看着她们消失在麻扎那边，我接着和那几个老人聊天。也许，坐在路旁的这几个老年人，让那些打铁的、赶毛驴车走路的人，早早看见了人生暮年的光景。他们是终点，是歪斜在人生尽头的枯树桩子。从那个年轻妇女怀中的婴儿开始，不论跑多快、多远，最后都到达这里。

一半是麻扎，一半是民居的龟兹老城，死者生者，在同一块珍贵土地上，互不相让又相融如一。时间就是这样往前推移，过去的一百年，一城人离去，另一城人入住其中。

一代人一过，天上会落一层土，把该埋的埋掉一些。下一茬人在尘土上过生活，不必知道脚下踩着什么。树往高长，果实结在枝头。一百年里落下的土，有三尺厚，够麦子扎根，够让土豆和胡萝卜埋牢果实。除了埋人，人不轻易往更深处挖土，那是老城死去的部分，已经成为根。

祖先的驴车

一、正在失传的手艺

数年前，我受出版社之约，写一部有关小镇故事的书，开始并没想好要写库车，只是在南疆行走，走到库车时被它的老城留住了。我在库车待了一两个月，后来写了七八万字，起名《库车行》出版了。从那时起，库车成了我在南疆的一个去处，几乎每年都去，有时一年去几趟。库车老城对我有特别的吸引，好像我已经熟悉它了，翻看老城旧照片，发现我五年前拍过的一位卖种子的老妇人，又进入我的镜头，对照前后两张照片，那些就地摆卖的东西依然没变，一个个陈旧的小布袋里，装着各种蔬菜瓜果和不认识的草木种子。五年前，我曾好奇地蹲在旁边，探头挨个地看着布袋里的种子。五年后我依旧好奇，把那些小布袋里的种子挨个看一遍。照片里的妇人，看上去也没变，一位满脸沧桑的老妇人，她老到头停住了，再不会有任何改变。就像这座老城本身一样，已经老旧到头。

去看得最多的还是铁匠铺，铁匠们早认识了我，知道我把他们写到了书里。这次我去时，却没见到老铁匠吐迪。巷子里三个铁匠炉熄火了两个，只有巷口的炉子还冒烟，铁匠手里的活儿也明显不多了。我在《最后的铁匠》中写过的有十三代打铁历史的吐迪家族的铁匠炉，只剩下一个烟囱在冒烟，不知道它还能坚持多久。如果铁匠炉全部熄火了，这个家族的人以后会去干什么。以往他们从不为下一代孩子的生活发愁，只要把手艺传下去，后代们就有饭吃，有事情做。现在，他们祖传的手艺都要传不下去了。不光打铁，那些制陶的、钉驴掌的、做驴拥子做皮活的各种手艺，都仿佛传到了尽头。那些最后的手艺人，在老城的暮色黄昏里，过着他们最后的旧日子。我一次次地来，只是想看到它还没变。想看见一种古老生活还在延续。可是，它已经在变了。

二、被发现的民间日记

库车发生了一件大事情。栏杆村 72 岁的维吾尔族农民卡德尔，用 38 年记下的十几本《解放军爱民日记》被发现和宣传出去。日记记载了新疆军区某部 1967 年进驻栏杆村以来，历代官兵给村民做的上百件好事。这件事惊动了中央，胡锦涛主席亲自接见了农民卡德尔。这是自骑毛驴进北京受到毛主席接见的库尔班大叔之后，南疆维吾尔族农民领受到的第二次光荣。整个栏杆村也因此受益，县上投资千万，改造了栏杆村，给每户村民盖了新房子，统一的维吾尔风格庭院，整齐清洁，栏杆村将成为库车新农村建设的示范村和新的旅游观光景点，一村庄人都跟着卡德尔享福了。2006 年 6 月，我到栏杆村，看到这个山脚下的小村庄正在重新建设中，旧民居全拆了，样式统一的新民居在建起来。我没见到卡德尔，听说去外地做报告了。原本的日记也没见到，它一经发现即被部队上层拿去研究，后又被解放军军事博物馆当文物收藏。据看过日记原本的人说，卡德尔的日记相当简洁，大多是两三句话记一件事，没多少细节。听说卡德尔已经把记日记的任务传给了儿子，儿子表示要把日记一年年记下去，记到和父亲一样老的时候，再让自己的儿子往下记。这真是一件没有尽头的事情了，这样记上数十代、百千年，就是一部了不起的村庄史、军民史。

卡德尔日记的发现，使我第一次认识了隐藏在民间的历史记录者。这仅仅是被我们发现的一部日记，没被发现的可能更多。那些秘密隐藏的民间记忆——靠世代口传或书写隐秘记录的历史，肯定大量地存在着。在这个文字、纸张以及各种载体异常发达的年代，记录已经变得非常容易，几乎每件事情都有可能被记下来。但是，记录本身是一种忘记。每天都有媒体——文字的、影视的在记录和宣传库车，在这些嘈杂的声音中，需要一个私人的记录者，在官方的史志和宣传之外，需要一本民间的传说和记忆。卡德尔先生就是这样一个孜孜不倦的民间记录者。他被发现了。

还有多少没被发现的日记埋藏在民间，他们都记了些什么。那些隐秘在最底层的眼睛和笔，看见和记录的东西，肯定是让人既惊喜又不安的。多少年后，这样的一些记录会突然把我们现在生活的背面翻给我们看，把被掩埋的比虫鸣还低哑的一个人的哭诉说给我们听，就像卡德尔老人所做的一样，在漫长的时间里，沙一样细小的事情，被一粒粒聚拢起来，成沙丘沙漠的时候，我们一下瞪大眼睛。

三、木卡姆艺人

我认识的木卡姆艺人吐尼亚孜死了。我本来要去老城看他，宣传部的人说，吐尼亚孜已经不在了。怎么会呢，我记得他才五十多岁，身体壮实，怎么说没有就没有了。

2001 年我写《库车行》时，就想写吐尼亚孜，他是库车有名的木卡姆演唱艺人，脑子里有几万个木卡姆歌词，十天十夜都唱不完。他还会敲制铜壶，每个巴扎都去库车河边玩斗鸡，赌输赢，还和人玩没完没了的托包克游戏。他有两个二十多岁的儿子，一个和别人打架，残废了；一个没工作，在家闲待着。吐尼亚孜靠自己的手艺养活一家人。我翻看那时和吐尼亚孜交谈的笔记，好几页，还有已经写成文的片段，我记不清为何放弃了去写这个老艺人，而选择了老城

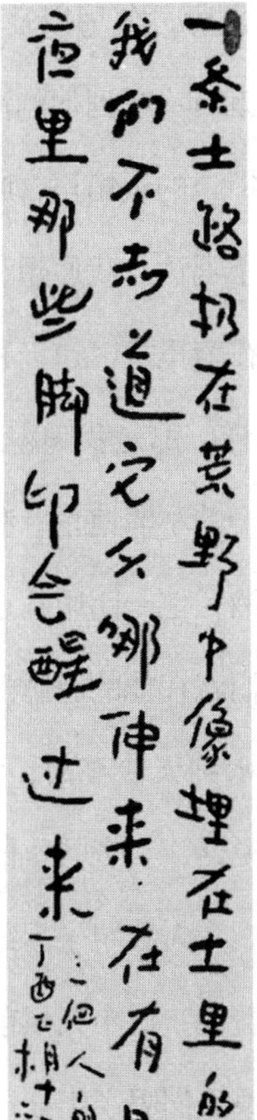
一条土路拐在荒野中像埋在土里的一截绳子
我们不知道它从哪里来，在有月光的
夜里那些脚印会醒过来

里的那些铁匠、理发师、乞丐以及赶驴车的普通人。我来库车的第一天就有幸听到他的演唱。我还请他吃过一顿饭，在老城街边的饭馆里，吃烤肉拌面。我备了酒，但吐尼亚孜不喝酒。我原想和他喝点酒，听他敞开说话，就像我在塔里木河边，和几个维吾尔族朋友彻夜喝酒聊天一样，那是我喝得最尽兴的一场酒。在塔里木草湖乡唯一的小酒馆里，我的同行睡一觉醒来看见我们还在喝酒，他一闭眼睡过去，再一觉醒来我们还在喝酒。我们就在他的睡睡醒醒间，把一地的酒瓶子喝倒了。酒喝到天快亮时，我似乎不用翻译，就能直接听懂他们说话，我竟然也能说出一些平时从不会说的维吾尔语。我大着胆子用维吾尔语和他们交流，他们吃惊地看着我，这个天黑前只会说一句“亚克西”的汉族人，跟我们喝了半夜酒竟会说维吾尔语了。确实这样，若再有一些那样的夜晚，我就会变成他们中间的一个，听懂他们的语言，流利地说他们的话。可是，我没有把更多的夜晚，留在塔里木河边。

吐尼亚孜不沾酒，但喝一口茶就会兴奋，他用维吾尔语，夹杂一些汉语词，说起话来就停不住，像唱歌一样有激情，我装着听懂的样子，不住点头，等他说得停顿了，再看一眼翻译。听翻译把他的话用汉语说一遍，翻译过来的东西一开始就让我失望，我看吐尼亚孜的说话神采，和优雅的声音，以为他肯定在大谈木卡姆艺术，谈人生和哲学，翻译成汉语却是：县上经常把他叫去给客人和领导演唱，每次才给 50 块钱，平时一点钱不给，用的时候才想起他，像我这样的艺术家，库车城里没几个，县上应该发工资把我们养起来，让我们有肉吃，吃饱肚子，把我们脑子里的好歌都唱出来。我脑子里的歌，有一半多没机会唱出来，以前，老城大饭馆里经常有人家过喜事，木卡姆一唱半个月，全套的木卡姆都能唱完。现在，再热闹的婚礼也是唱半天。况且，你唱的时候别人在忙其他，说话、聊天，没有几只耳朵在真正听，他们要的只是一种声音和热闹，并不在乎你唱什么，你唱得那么投入，嗓子都唱哑了，也没人听见你真正的声音。即使场子上有一千人，你也是在唱给自己听。整套的十二木卡姆埋在一个人心里，库车城里再没有半个月这样的大场子，让你从头到尾，一场一场地把十二木卡姆唱完。木卡姆是一个有生命的东西，它有头，有身体和尾巴，我们现在的演唱，只是看到它的一块肉，几根毛。

吐尼亚孜 13 岁时在老城的一个饭馆当帮工，那时饭馆里经常有木卡姆演唱，吐尼亚孜边洗碗刷盘子边侧着耳朵听，记住了许多木卡姆诗歌。后来他被一个木卡姆师父发现，收为徒弟，从此开始演唱生涯。

我第一次到吐尼亚孜家采访时，看到这个老艺人正蹲在院子的一角敲打铜壶，院子养了好多鸽子，还有几只斗鸡。我看了看吐尼亚孜打的壶，手艺还不错。他三五天打一只壶，50 块钱卖给街上的小商铺，商铺卖 80 块钱。我给了他 200 元钱，让他给我打两个铜壶，吐尼亚孜说要用最好的铜给我打，我问最好的铜是啥铜。就是到供销社买新铜，黄亮的。吐尼亚孜说。我说，我不要新铜，就用你收的旧铜打，越旧越好。我让吐尼亚孜用维文把“十二木卡姆”字样刻在壶上。吐尼亚孜很聪明，不知从哪找了一块有古老图案的废铜，给我做了把新壶，旧图案正好在壶体正面。我很喜欢。

吐尼亚孜少有笑容，偶尔笑起来像一个孩子，一个 53 岁的老孩子，忘掉眼前一切，忘掉两个没工作要让他养活一辈子的儿子，他的笑像一朵少有的花，在我和他的谈话中，突然地开放一次，很快又消失在那张沉重的面孔里。吐尼亚孜不笑的时候，我就看着他的脸，从这张沉重的被生活压住的脸上，开放出这样天真的笑容是多么不易。

现在，吐尼亚孜死了，他半个月都唱不完的木卡姆歌，被他带到天上唱去了，老城新城的人都再不会听到。那些脑子里装满了历史和故事的老人，在一个个默默死去。只有把一个村庄和解放军的故事记成日记的卡德尔出名了，全村人跟着他得了好处。

四、祖传的药铺

我翻看五年前的库车采访笔记，有一段文字清楚地记录了一个叫阿里木的人，他原是库车县委的一个部门主任，刚退休，在家待了一个月，就待不住了，在铁匠铺旁边租了一个店面，开了一家药材调料铺。铺子里的货是他父亲留下来的，父亲去世五年了，他很小的时候，父亲就在开药材调料铺，那是新中国成立前，一大家人靠父亲的铺子生活。后来新中国成立了，公私合营，父亲成了一家国营单位职工，一干几十年，1985 年退休后，也是在家待不住，又拾起新中国成立前的老本行，临街开了个铺子，卖药材调料。父亲对药材药理都很清楚，常常既当售货员又做医生，给来买药材的人一把一把配药。铺子里全是当地草药，本地人全认识，他们相信在这个地方得了病，这块土地里肯定有一种东西能医治。那些没钱去医院的病人，就靠这些草药救命，几毛钱几块钱抓一把草药回去，熬着喝了，有些病就好了。好不了的病也没钱去医院看，只能拖着，一个重包袱一样在身上背着，背到哪一天把人压倒了，也就到头了。阿里木说他不懂药材，那些得了病的农民，都知道买哪种草药，买多少。阿里木只是称给他们。

阿里木是这条街上唯一不靠店铺生活的生意人，他和爱人都有退休工资，每月两千多块，他的几个儿子都念完大学有工作了，阿里木只是为了打发日子，把父亲去世前没卖完的药材翻出来，又进了些新货，开了这个小铺子。他的店铺三天两头关门。开门的时候，他也不在铺子里坐，门口摆七八只小木凳，只要他坐在铺子门口，总会有人过来和他聊天。那些小凳一天到晚不空着。街上好多人认识他，当了几十年县干部，走村串巷，几乎全县的人都认识他。现在退休了，离开办公室，坐在街边的小店铺前，没有电话，没有秘书和同事，但常有一堆朋友。对于他，这个店铺就是一个地址。以前他的地址是县委办公室。现在，那些老朋友要找他，就会到老城街边的店铺来。他坐在街边，也许只是让人看见，这个人还在世上，退休了还有事情干。有一天这个店铺关门了，他也许就到了另一个世界。

这次我没找到阿里木的药铺子，铁匠铺旁的矮房子被拆了，留下一块待建的空地。不知道这个老人把药铺挪到哪个小巷子去了。也许关门回家，也许，已经不在人世。那些没来及卖完的药材调料，肯定还存放在家里，一包包一袋袋地存放着，等过一些年，他的儿子退休了，会不会把这些东西再翻出来，租一个铺子，在老城的街边去卖。

不见的还有我在《生意》中写到的理发店，那个新疆大学毕业生买买提开的小理发店，已经改成杂货铺。不知道法律系毕业的买买提，是找到工作了，还是又转行去卖肉了。对面的修鞋铺还在，我和克尤木钻进只能坐下两个人的小鞋铺乘凉，店里只有小徒弟一人，说师傅去做乃麻孜了，十几分钟回来。我们边擦鞋边和徒弟聊天。小徒弟也叫买买提，学徒一年多了。问给师傅交学徒费吗。说不交。来的时候，带了五个馕，上面放一块布，就算拜师了。一般干两三年，师傅也不给徒弟工钱，也不管饭。买买提说他再学一年，就自己去开补鞋铺。问师傅每天挣多少钱。答二十多块。房租一年一千块，每天合两块七毛四。师傅每天从挣的钱里面拿出三块钱，放在一个盒子里，这是房租。要不这样，到年底，一下拿一千块钱，拿不出来。这个小徒弟，把师傅的事情全说了。

一个月前，我和翻译古丽在这儿擦过一次鞋，师徒俩对擦鞋的精心给我留下很深的印象。鞋脱下来，先是徒弟清理鞋面，再交给师傅打油上蜡，师傅打油前，先把鞋仔细端详了一番，发现我的皮鞋垫往前窜了，从柜子拿出一个小瓶，应该是万能胶，打开盖，在鞋垫下抹了两滴液体。然后，把鞋垫垫好，又用小榔头砸了砸，我前窜了大半年，不知咋办的鞋垫，就这样处理好了。师傅擦好油，刷了一遍，又把鞋交给徒弟，徒弟把鞋再刷一遍，用布打一遍，端详一番，觉得好了，穿到我脚上。最后交钱时，收了一块钱。问收拾鞋垫的钱呢。说那是帮忙了，不要钱。他们擦鞋时我注意到小徒弟的鞋，好像从来没擦过，没打过油，已经看不出鞋油的痕迹。师傅的鞋要体面些，黑皮鞋，很旧，但鞋的模样还在。

老城没有专门的擦鞋店，擦鞋生意被修鞋匠捎带做了。或许是修鞋养就的习惯，擦鞋师傅拿起鞋，总是先端详一番，哪儿坏了，如果是三两下修好的，不用你说，就随手修好了，还收擦鞋的钱。大的毛病会问问你。说个价，保证不会让你觉得贵。也就不会有讨价还价。也很少有人问价。多少年的规矩，多少年的老价格。只要穿烂一双鞋，都知道了。

五、坎土曼的事情

去库车文物馆，想找一把出土的坎土曼，却没有。只有一把据说是汉代的镰刀，朽成好几截，看着比现在的镰刀小一些。怎么至今没出土一把坎土曼呢。在克孜尕哈壁画中绘有坎土曼和二牛抬杠铁犁，说明两千多年前，坎土曼已经在西域广泛使用了。据此推断克孜尔千佛洞那些佛窟应该是坎土曼挖的，坎土曼非常适合挖洞窟。尤其高大的佛窟，人站在里面，挥动坎土曼很如意。后来，毁佛窟用的也是坎土曼，在克孜尔千佛洞壁画上，可以看到清晰的坎土曼挖痕。坎土曼适合挖佛头、毁佛身。可是，对付佛窟壁画，就显得无能为力，一坎土曼下去，只会在画上砍出一道印子。也许正是坎土曼这种工具保护了佛窟壁画。要是换成铁锨，顺着墙皮铲，早把壁画全铲光了。

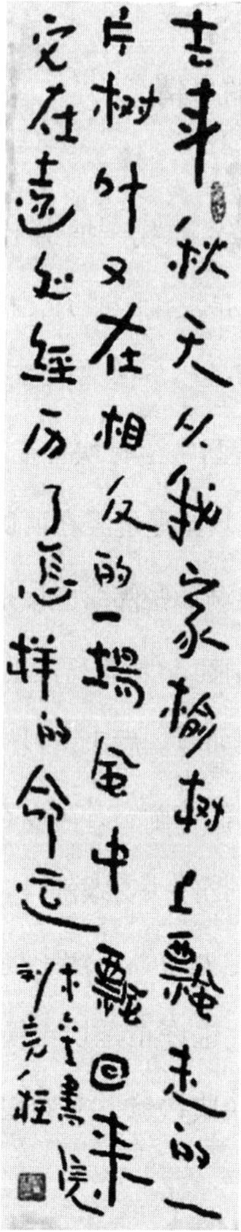
去年秋天从我家榆树上飘走的一
片树叶又在相反的一端飘回来
它在远处经历了怎样的命运
刘亮程

这几年我一直在研究坎土曼，我认为坎土曼和铁锨原是一个东西。在我正创作的以龟兹为背景的长篇小说《凿空》中，对坎土曼和它所面对的世界有深入的书写。从直观上看，坎土曼和铁锨是截然不同的两种农具，但是，如果把铁锨的头向正面折90度，就变成了坎土曼。或者把坎土曼的头掰直，就变成了铁锨。至于谁先谁后有待考证。或许是西域的坎土曼传到中原，被当地人掰直变成了铁锨。或者相反，中原的铁锨传到西域，被折弯变成坎土曼。

一种东西，只是把它的头掰了一下，转了个角度，变成两种劳动工具，从此就不一样了。两种工具造就了截然不同的两种劳动姿势，以及生活方向和态度。

我在库车见过挥坎土曼的维吾尔族人，把坎土曼举到天上，然后落到前面的地上，深挖入土，一拉一提，向后甩去，一大块土就飞到想去的地方。然后坎土曼顺着回势又朝天举起，举过头顶，眼看要落向身后，砸到脚后跟了，突然停住，沿来路急急奔回去，又一下挖入土里。使铁锨就没这么夸张了，铁锨让劳动变得柔和，不张扬。锨刃轻轻插在地上，脚一踩，入土，然后锨把向后一压，端起一锨土，扔到一个地方。入土深浅由干活人自己决定，想省劲就入浅点，挖薄点，扔慢点。扎扎实实地干，就不用说了，这个谁都会。

如果汉族人和维吾尔族人同在一块地里劳动，就能看出两种工具的差别。挥坎土曼的维吾尔族人前进着干活，坎土曼挖的土朝后甩，干的活都在后面。拿铁锨的汉族人后退着干活，铁锨挖的土向前扔，干的活都摆在前面。挖坎土曼只是上身用劲，用胳膊和腰上的劲，动作大开大合。铁锨手脚并用，先用脚把锨刃踩进土中，再用杠杆原理把土撬起，这个过程中全身都用劲。铁锨的操作比坎土曼复杂。坎土曼仅用双手挥动朝后刨土，是一种相对原始的动作，有动物性特征。铁锨把土往前扔，大不一样。由此可见坎土曼这种工具更古老。人类先发明了坎土曼，然后在漫长的使用过程中得到启示，把坎土曼的头扳直，变成了现在的铁锨。但库车人为何把坎土曼这个古老工具坚守到今天，使用几千年，其间龟兹－库车人的信仰改变了几次，从最早的萨满教到佛教到伊斯兰教，手里的坎土曼却一直没改变，修佛寺用它，毁佛寺用它，盖清真寺还用它。似乎信仰可以转移，但坎土曼不能丢掉。这使我对坎土曼这种工具敬仰不已。它不仅仅是一件简单的劳动工具了，几乎成为一个民族的象征。西部的汉族人也用坎土曼，但头是圆的。库车的坎土曼头是扁长的，刃部尖长，像维吾尔族人的下颚。那些坎土曼就是一个个维吾尔族人的脸谱。在铁匠铺里一把一把敲打出来的手工坎土曼，大的小的，一个个都打成了他们自己的样子，成为一种不能改变的脸谱记忆。我在和田玉店看到好多玉雕的毛主席像，粗看是毛主席，细看全是维吾尔族人的轮廓相貌。那是长得像维吾尔族的毛主席。

我相信这不是当地工匠有意识的创作，当他们怀着敬仰之心雕刻伟人时，内心不由自主浮现出的却是本民族人的脸谱记忆。就像他们把坎土曼打造得像自己一样。

我用过二十世纪六七十年代的铁锨，手工打制的，方头，像秦人的脸。后来用一种较轻便的圆头锨，像中原人脸。再后来的铁锨全由工厂大批量生产，谁的脸都不像了。机器没有感情。不能像人，一锤一锤地精心打造一件器具时，心灵深处的一些东西会被唤醒，会不由自主打造出一种内心图景来。

如今南疆的坎土曼依旧是铁匠铺手工打造的。几十年前，工厂生产的坎土曼也曾大批运到南疆，试图取代铁匠铺的手工坎土曼。可是，那些坎土曼没卖出几把，哪儿来的，原回到哪儿去了。铁锨却完全变成了工业化产品。如今已经很难找到一把手工打制的方头铁锨了。

铁锨更像是一件兵器，《西游记》中沙和尚的铲，就是一把铁锨。猪八戒使的耙子把齿变成刃就是坎土曼。唐僧的原型玄奘到过龟兹，在昭怙厘大寺住了数月，他的两个虚构的徒弟——沙僧和八戒，分别操着铲和耙子这两个近似铁锨与坎土曼的工具。坎土曼以前叫砍头曼，也是兵器，后来把“头”换成“土”，还原成了地道的农具。不过，农民手里的铁东西，哪件不是兵器，坎土曼、镰刀、铁叉，连木棍都能打死人。农民很少用农具打人。在历史上，农民一次次地把兵器还原成农具，又一次次地被迫揭竿而起，把农具变成残酷的兵器。历代统治者安抚农民的方式大都是：让农民手中的农具有活干，有事做，不能闲着。同样，我们现在面临的依旧是，如何让农民手中的铁锨和坎土曼有事情做。我在新长篇《凿空》中写到一个村长，为村民的生计四处奔走，到哪儿都是一句话：有坎土曼干的活吗？库车有数十万把坎土曼，握在农民手里。我们不能让它闲得生锈。坎土曼的活在哪里。

中原人为种地发明制造了数不清的手工农具。龟兹人只用两件农具：坎土曼和镰刀。前者种，后者收。

两种都是手工打造，镰刀像他们的浓黑眉毛，磨开的刃像他们的目光。坎土曼像他们的脸。龟兹－库车人用这两件工具面对世界。他们不改变。我们变来变去，最后被这些不变的东西吸引，来到它们身边，想问一句：你们为何不变。突然又有一个更大的疑问悬在头顶：我们为何改变。

六、祖先坐的驴车

我离开库车时正是晚上 10 点，隔着火车窗口，看见灯红酒绿的库车新城，看见城外荒野上朝天燃烧的油气火炬，和遍野的灯光火光。这片古老的龟兹大地已经被石油点亮，老城是它最暗的部分，那些街巷里的平常生活，将越来越不被看见。

在库车的几个黄昏，我一个人走到龟兹古渡桥头。我不知道来干什么，仿佛在等一个人。又好像要等的人都来了，全走在街上，坐在街边，却又一个都不认识。我眯着眼睛，等夕阳的光线弱下来，不再耀目，等太阳落到桥西的清真寺后面，等清真寺的影子漫过大桥河滩，我有一种莫名的怅然，又觉得内心充盈，被一个馕填得满满。在夕阳对老城的最后一瞥里，一个人的目光也迟缓地移过街道。什么都不会被照亮。看见和遗忘，是多么地一样。街上只有我一个汉人，我背着相机，却很少去拍什么，只是慢慢地走、看、闻，走累了蹲在路边，和那些老人一溜儿蹲着，听他们说话。一句也不懂。在他们眼里，我肯定是一个无家可归的流浪人，天黑了还没找到去处，在街上乱转呢。

记得上次和古丽去热斯坦麻扎（墓地）旁的民居采访，麻扎就堆在头顶，有半个老城大的一片，和民居紧挨在一起。古丽问麻扎边玩耍的孩子，那里面埋着死人，害怕吗。说不怕。为啥不怕。说死人死了没劲了。死人没劲了。这是孩子对死亡的看法。库车老城还活着，但它也快没劲了。

老城是活的历史。仅有大峡谷、烽火台、苏巴什的库车，是僵死的没有灵魂的。老城里保留着依然鲜活存在的古老生活。一个有老城的城市是幸福的，就像一个有爷爷奶奶的家庭。而老城如果没有了满街的毛驴车，其魅力也会逊色。我这次来，看到老城街上的毛驴车明显少了，取而代之的是一种电瓶三轮摩托车。问知情人，说这是政府提倡的，许多农民也情愿接受。因为三轮车的价格 3000 多元，不太贵，跑得又快，当地人也愿意坐。不用的时候，停在院子，不像毛驴，用不用都让人养，如今喂毛驴的饲料都贵，人都养不起毛驴了。

但是，还有好多人家习惯养着毛驴，三轮车再好，停在院子也是一个死东西，不像毛驴，会叫，会向主人打招呼，会用眼睛看人。还有，赶毛驴车不要执照，不用操心驾驶，躺在车上睡着了，毛驴也会把车拉回家。三轮摩托能这样吗，乌恰乡一个农民，开新买的三轮摩托，在公路上打了个盹儿，就把命送掉

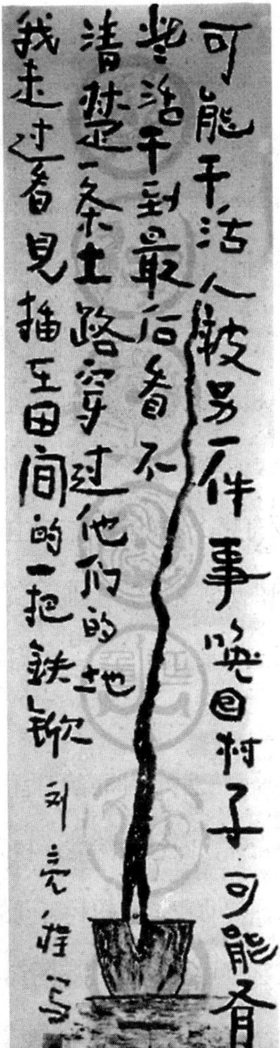
可能干活人被另一件事唤回村子可能有
些活干到最后看不
清楚一条土路穿过他们的地
我走过看见插在田间的一把铁锨
刘亮程写

了。再说，毛驴会生小毛驴，不断繁衍。三轮车会生小三轮车吗？

老城之老、之旧、之落后、之乱糟糟，也许正是老城的魅力和财富。老城人有必要坐着三轮摩托去追赶这个时代吗，已经追不上了，不如坐在毛驴车上慢悠悠地等，等满世界的毛驴车都换成了汽车，等人们把汽车飞机都坐烦了，等驴和驴车成了这个世界上的珍贵事物。事实上，许多到老城的人，都想坐一坐毛驴车，没有哪个游客对三轮摩托感兴趣。驴车是我们千年前的祖先坐的车，我们还能坐在上面，真是福分。但愿我们不要失去这已经稀有难得的福分。

最后，我要感谢在库车期间给我提供帮助的库车县王卫东、张国领先生，做过我的翻译和向导的克尤木、古丽和小张主任，帮助我拍照的我可爱的女儿刘倚均，还有，给我的文字提供素材和灵感的那些老城的手艺人、农民、无业者、乞丐，我深深地感谢他们。

后 记

古人说的“读万卷书，行万里路”，是一种高标准、高品质的生活。对此生命的追求，真正实施者甚少。读书破万卷不容易，远行也是多有不便。时间走到了今天，旅途变得十分通畅，行万里路已经不是问题，读万卷书却仍不是件易事。这需要个人的自觉及社会的推动。而文字是一种释放，也是一种交流。作家的写作同样需要与读者互动。

漓江出版社顺应需要，提出了散文精品城际阅读，编辑系列名家丛书，以迎合扑面而来的旅途与信息相融的高铁时代。

谈起选题时，我们就谈到了“七”这个数字，它是“赤橙黄绿青蓝紫”的七，是“哆来咪发唆拉西”的七。让人联想到色彩的无限斑斓与乐曲的美妙变化。那么就定为七人吧，每年邀约七位当今活跃于文坛的作家，以构建可资阅读、珍藏、研究的厚重文库。

作家们欣然响应，很快组成不同性别、不同年龄、不同地域、不同风格的七人年展。毋庸置疑，随着时间的推移，这个精品文丛将会显示出它茁旺的生命力。

王剑冰

2017 年夏

王剑冰，著名散文家，我社《中国年度散文》《中国年度散文诗》主编，《旅伴文库·散文精品城际阅读》主编。

请记下你与日子的美好相遇

请记下你与日子的美好相遇

请记下你与日子的美好相遇

请记下你与日子的美好相遇

请记下你与日子的美好相遇

请记下你与日子的美好相遇

请记下你与日子的美好相遇

请记下你与日子的美好相遇

请记下你与日子的美好相遇

请记下你与日子的美好相遇

请记下你与日子的美好相遇

请记下你与日子的美好相遇

请记下你与日子的美好相遇

请记下你与日子的美好相遇

请记下你与日子的美好相遇

请记下你与日子的美好相遇